和谐校园文化建设读本

小故事中的大道理

孙云玲/编著

吉林教育出版社

图书在版编目(CIP)数据

小故事中的大道理 / 孙云玲编著. — 长春 : 吉林
教育出版社，2012.6 (2023.2重印)
(和谐校园文化建设读本)
ISBN 978 - 7 - 5383 - 8965 - 4

Ⅰ. ①小… Ⅱ. ①孙… Ⅲ. ①故事 - 作品集 - 世界
Ⅳ. ①I14

中国版本图书馆 CIP 数据核字(2012)第 116153 号

小故事中的大道理
XIAOGUSHI ZHONG DE DADAOLI

孙云玲　编著

策划编辑	刘 军　潘宏竹	
责任编辑	刘桂琴	装帧设计　王洪义

出版	吉林教育出版社(长春市同志街 1991 号　邮编 130021)
发行	吉林教育出版社
印刷	北京一鑫印务有限责任公司

开本	710 毫米×1000 毫米　1/16　　印张　11.5　　字数　146 千字
版次	2012 年 6 月第 1 版　　印次　2023 年 2 月第 3 次印刷
书号	ISBN 978 - 7 - 5383 - 8965 - 4
定价	39.80 元

编　委　会

主　　编：王世斌

执行主编：王保华

编委会成员：尹英俊　尹曾花　付晓霞

　　　　　　刘　军　刘桂琴　刘　静

　　　　　　张　瑜　庞　博　姜　磊

　　　　　　潘宏竹

　　　　　　（按姓氏笔画排序）

总 序

千秋基业，教育为本；源浚流畅，本固枝荣。

什么是校园文化？所谓"文化"是人类所创造的精神财富的总和，如文学、艺术、教育、科学等。而"校园文化"是人类所创造的一切精神财富在校园中的集中体现。"和谐校园文化建设"，贵在和谐，重在建设。

建设和谐的校园文化，就是要改变僵化死板的教学模式，要引导学生走出教室，走进自然，了解社会，感悟人生，逐步读懂人生、自然、社会这三本大书。

深化教育改革，加快教育发展，构建和谐校园文化，"路漫漫其修远兮"，奋斗正未有穷期。和谐校园文化建设的研究课题重大，意义重要，内涵丰富，是教育工作的一个永恒主题。和谐校园文化建设的实施方向正确，重点突出，是教育思想的根本转变和教育运行机制的全面更新。

我们出版的这套《和谐校园文化建设读本》，既有理论上的阐释，又有实践中的总结；既有学科领域的有益探索，又有教学管理方面的经验提炼；既有声情并茂的童年感悟；又有惟妙惟肖的机智幽默；既有古代哲人的至理名言，又有现代大师的谆谆教诲；既有自然科学各个领域的有趣知识；又有社会科学各个方面的启迪与感悟。笔触所及，涵盖了家庭教育、学校教育和社会教育的各个侧面以及教育教学工作的各个环节，全书立意深邃，观念新异，内容翔实，切合实际。

我们深信：广大中小学师生经过不平凡的奋斗历程，必将沐浴着时代的春风，吸吮着改革的甘露，认真地总结过去，正确地审视现在，科学地规划未来，以崭新的姿态向和谐校园文化建设的更高目标迈进。

让和谐校园文化之花灿然怒放！

本书编委会

目 录

10秒钟我们能做什么

他是一家电视台的主持人。主要负责报时和节目介绍。一成不变的工作内容让他觉得索然无味，而这枯燥的工作，他一天要重复好几次。更为糟糕的还不止这些，工作中的不顺心直接影响了他的生活质量，而糟糕的生活质量又反过来干扰着他的工作状态。

一个偶然的机会，他发现，每次节目直播前的10秒钟是供他调节状态的时间，而这10秒钟的时间，他总是呆呆地站在那里，静听着导演倒计时的声音。

何不改变一下呢？于是，他开始利用起这短短的10秒钟发现身边的快乐：哈！昨天的球赛简直精彩极了！今天的天气真不错！下班后约上好友一起喝杯咖啡，多么美妙！明天就该轮休了，我要好好支配这难得的时光……

日子一天天过去，他惊喜地发现自己真的有了质的改变。面对冰冷的镜头，自己的微笑早已不再机械；遇到同事，自己的双手也不再僵硬。

10秒钟，我们可以做些什么呢？飞人可以在短短的10秒钟内跑出百米的距离；世界上打字最快的人，10秒钟可以敲击134下键；川剧大师10秒钟可以变脸10余张……然而，这些都是我们常人很难做到的。但是，我们也有属于我们的10秒钟：10秒钟，我们可以对着镜子自信一笑；10秒钟，我们可以看看自己的衣服是否平整、鞋子是否洁净？10秒钟，我们可以说一句让自己一天都热血沸腾、充满希望的话……

大道理：

10秒钟，看似很短，但你会惊奇地发现仅仅10秒钟能完成很多事。所以，朋友，还等什么呢？请抓住属于你自己的10秒钟吧！

请珍惜你的时间

富兰克林是美国的政治家和科学家,他开过一家书店。一次在这家书店里,一位犹豫了将近1个小时的年轻人终于开口问店员:"这本书多少钱?"

"2美元。"店员回答。"2美元?"年轻人又问,"你能不能少要点?"

"它的价格就是2美元。"店员没有别的回答。这位顾客又看了一会儿,然后问:"富兰克林先生在吗?"

"在,"店员回答,"他在印刷室忙着呢。"

"那好,我要见见他。"这个年轻人坚持一定要见富兰克林。于是,富兰克林就被找了出来。

年轻人问:"富兰克林先生,这本书你能出的最低价格是多少?"

"2美元25美分。"富兰克林不假思索地回答。

"2美元25美分? 你的店员刚才还说2美元一本呢!"

"这没错,"富兰克林说,"但是,我情愿倒找给你2美元也不愿意离开我的工作。"年轻人惊讶极了。他心想,算了,结束这场自己引起的谈判吧! 他说:"好,这样,你说这本书最少要多少钱吧。"

"2美元50美分。"

"又变成2美元50美分? 你刚才不还说2美元25美分吗?"

"对,"富兰克林冷冷地说,"我现在能出的最低价钱就是2美元50美分。"年轻人默默地把钱放到柜台上,拿起书出去了。

🐛大道理:

时间是所有资源中最重要的资源之一,既无法替代,也无法补救。只有当你充分利用时间的时候,你才知道时间究竟能做多少事。我们每个人都应该珍惜时间。

时间是最大的财富

作为世界上第一个实行电子户籍卡的国家,在瑞士,婴儿一出生,医院就会立即打开计算机,通过户籍网络查看他(她)是这个国家的第多少位成员,然后以此为编号开始在户籍卡中输入这个孩子的姓名、性别、出生时间及家庭住址。由于婴儿和大人一样,用的都是统一规格的户籍卡,因此每个刚出生的婴儿都有财产状况这一栏。

1998年,南美的一位黑客通过国际互联网侵入到瑞士的户籍网络,想把自己刚出生的儿子注册为瑞士人,并开始填写有关表格。在填写财产这一栏时,他随便敲了一个数——3.6万瑞士法郎。这位黑客在确信一切天衣无缝后,关了机。他本以为自己从此就有个瑞士儿子了,谁知不到三天,瑞士当局就发现了这位假居民。

值得一提的是,查出这位假居民的并非是瑞士的户籍管理人员,而是一位家庭主妇。她在为女儿注册户口时,对前一位在财产栏中填3.6万法郎的人产生了怀疑,因为所有的瑞士人在为孩子填所拥有的财产时,写的都是"时间"二字。他们认为,对一个人,尤其是对一个刚出生的孩子来讲,他们所拥有的财富,除了时间之外,再不会有其他的东西。

大道理:

所谓生命,也就是一个逐渐支出时间的过程。有些人需要地位,就用自己的时间去换取权力;有些人需要财富,就把它一点点地换成金钱;有些人需要闲适,于是就在宁静和安谧中从容地度过自己的时日。瑞士人对财富的理解,对我们或许有所启迪。

忙人时间最多

一位七十高龄的老婆婆，她年轻的时候经营美容院，忙碌了一辈子，退休后没有躺在家里无所事事，仍然闲不下来，不但学电脑、学英文，还学摄影。

最后，她对鸟类摄影产生了浓厚的兴趣，尽管年纪很大了，还每天扛着二十几千克的器材，上山下海地拍鸟。她还免费提供自己的照片，让学校当教材使用。

她对我说："人生在世难得，不能糊里糊涂走一回。因为我很忙，所以我很快乐。"

从前有人问圣严法师："师父您这么忙，不但要打理寺院里的事，还要四处演讲，甚至还一直在写书，您为什么会有这么多时间？"

圣严法师回答得很妙："因为忙人时间最多。"

大道理：

找出自己的生活目标，对目前的忙碌感恩，我们就会发现，自己其实忙得非常幸福。

学者与作家的对话

在美国的一个小镇上，一位作家拜访了一位 84 岁的老学者。在学者那狭窄的厨房里，作家向学者倾诉了内心的困惑。

学者："你应该抓紧现在和未来的日子。"

作家：“是的，我在尽力。但是，我已经浪费了几十年。”

学者摇摇头：“达尔文说他贪睡把时间浪费了，却写了《物竞天择论》；奥本海默说他锄地拔草把时间浪费了，后来成为‘原子弹之父’；海明威说他打猎、钓鱼把时间浪费了，终于获得了诺贝尔奖；居里夫人说她为孩子和家务浪费了时间，然而她不但发现了镭，还把孩子培养成了科学家。”

作家大喊：“这些人都是天才！我只是个平凡人！而且，我的年纪大了。”

“我 70 岁那年，拟完成一个需要 10 年才能完成的研究计划。当时，我向一位 30 岁的年轻朋友谈到这个计划，他笑了笑。我知道他为什么笑，在他看来，70 岁的老人时日已不多，还能做些什么？10 年过去了，我的工作如期完成，仍然在实验室里忙着。”学者挺了挺胸，笑了。

大道理：

心中是否有确定的目标，是伟大与平庸的天渊之别，是聪明与愚蠢的重要分水岭。只有懂得珍惜和利用时间的人，才能成为自己命运的主人。

最佳选择

一天，一位教授问他的一个学生说：“如果有一家银行每天早上都在你的账户里存入 86400 元，可是每天的账户余额都必须于当日用掉而不能结转到明天，每当到结算时间的时候，银行就会把你当日未取尽的款项全数删除。这种情况下你会怎么做呢？”

“每天不留分文地全数提取！这是最佳选择了！”那位学生回答说。

"是啊！"教授意味深长地说，"我们是应该这样，不过你可能不晓得，其实我们每个人都有这样的一个银行，它的名字是'时间'。每天早上我们的'时间银行'总会为每一个人在账户里自动存入86400秒，一到晚上，它也会自动把你当日虚掷掉的光阴全数注销，没有分秒可以留到明天，而且你也不能提前预支片刻。如果你没能适当地使用这些时间存款，损失只有你自己来承担。无法回头重来，也不能预提明天，你必须根据你所拥有的这些时间存款而活在现在。"

🐾 大道理：

"一寸光阴一寸金"，我们要学会珍惜时间，更要学会合理利用我们的时间存款，让每个今天都有最佳收获。永远不要忘记时间不等人，昨天已成为历史，明天则遥不可知，而今天是一个实在的礼物。

时间的管理

在一次上时间管理的课上，教授在桌子上放了一个装水的罐子。然后又从桌子下面拿出一些正好可以从罐口放进罐子里的"鹅卵石"。当教授把石块放完后问他的学生道："你们说这罐子是不是满的？"

"是。"所有的学生异口同声地回答说。"真的吗？"教授笑着问。然后再从桌底下拿出一袋碎石子，把碎石子从罐口倒下去，摇一摇，再加一些，再问学生："你们说，这罐子现在是不是满的？"这回他的学生不敢回答得太快。最后班上有位学生怯生生地细声回答道："也许没满。"

"很好！"教授说完后，又从桌下拿出一袋沙子，慢慢地倒进罐子里。倒完后，于是再问班上的学生："现在你们再告诉我，这个罐子是满的，还是没满？"

"没有满。"全班同学这下学乖了,大家很有信心地回答说。"好极了!"教授再一次称赞这些"孺子可教也"的学生们。称赞完了后,教授从桌底下拿出一大瓶水,把水倒在看起来已经被鹅卵石、小碎石、沙子填满了的罐子。当这些事都做完之后,教授正色地问他班上的同学:"我们从上面这些事情得到什么重要的启示?"

班上一阵沉默,然后一位自以为聪明的学生回答说:"无论我们的工作多忙,行程排得多满,如果要逼一下的话,还是可以多做些事的。"这位学生回答完后心中很得意地想:"这门课讲的就是时间管理啊!"

教授听到这样的回答后,点了点头,微笑道:"答案不错,但并不是我要告诉你们的重要信息。"说到这里,这位教授故意顿住,用眼睛向全班同学扫了一遍说:"我想告诉各位最重要的信息是,如果你不先将大的'鹅卵石'放进罐子里去,你也许以后永远没机会把它们再放进去了。"

🐾大道理:

对于学习中零零散散的事件可以按重要性和紧急性的不同组合确定处理的先后顺序,做到鹅卵石、碎石子、沙子、水都能放到罐子里去。对于人生旅途中出现的事件也应如此处理。处在哪一年龄段要完成哪一年龄段应完成的事,否则,时过境迁,到了下一年龄段就很难有机会补救。

1分钟的时间

著名教育家本杰明曾经接到一个青年人的求教电话,并与那个向往成功、渴望指点的青年人约好了见面的时间和地点。

待那个青年人如约而至时,本杰明的房门敞开着,眼前的景象却令青年人颇感意外:本杰明的房间里狼藉一片。

没等青年人开口，本杰明就招呼道："你看我这房间，太不整洁了，请你在门外等候1分钟，我收拾一下，你再进来吧。"一边说着，本杰明就轻轻地关上了房门。

不到1分钟的时间，本杰明就又打开了房门，并热情地把青年人让进客厅。这时，青年人的眼前展现出另一番景象：房间内的一切已变得井然有序，而且有两杯刚刚倒好的红酒，在淡淡的香水气息里还漾着微波。

可是，没等青年人把满腹的有关人生和事业的疑难问题向本杰明讲出来，本杰明就非常客气地说道："干杯！你可以走了。"

青年人手持酒杯一下子愣住了，既尴尬又非常遗憾地说："可是，我……我还没向您请教呢……"

"这些……难道还不够吗？"本杰明一边微笑着一边扫视着自己的房间，轻言细语地说，"你进来又有1分钟了。"

"1分钟……1分钟……"青年人若有所思地说，"我懂了，您让我明白了1分钟的时间可以做许多事情，可以改变许多事情的深刻道理。"

本杰明舒心地笑了。青年人把杯里的红酒一饮而尽，向本杰明连连道谢后，开心地走了。

❀大道理：

只要把握好生命中的每一分钟，你就把握了理想的人生。充实生命中的每一分钟，也就使一个人有限的生命更加有效，等于延长了人的生命。

时间的布

彼得是一个9岁的小男孩儿，他总是痛恨他的时间过得太慢，于是他希望时间快一点过去，而且最好是跳过去，省略掉他可能面对的所有的困难，比如说考试。

于是有一天，一位白胡子老头出现在他的面前，拿出一卷布和一枚针，告诉他："孩子，你渴望能够选择自己的时间，现在我把属于你的时间交给你，你自己选择吧！"时间布的样子很平常，只不过每隔1米就标上了年龄，从1岁到2岁，再到10岁、20岁……一直到生命的终点。

时间布的用法也很简单，他只需一枚针，把想省略的时间缝起来就可以了，只是，缝好的线永远不能再打开。

彼得得到了时间布很兴奋。应该省略哪一天呢？当然是明天，因为明天要考试。他拿起针，缝掉了明天。于是他站在操场上，和同学们一起追逐一只足球去了。

明天已经过去了，彼得得意万分，之后呢，应该把这一学期都缝上，好直接到暑假！

因为打碎了窗户的玻璃，母亲责备彼得。当一个孩子可真不容易！算了，把童年、少年时代都缝上，把那些讨厌的唠叨和无休无止的功课都缝上。这样，他直接成了一名青年，而且他穿了一身黑衣，哦，是的，他20岁了。在这一年里，家里发生了很大的变故，他的母亲去世了，只剩下一个孤零零的他。那么就把孤独和贫穷的时间都缝起来吧。这样在几年后，他是一个商人。再缝掉几年，他成了一个成功的商人，金钱像流水一样向他涌来。

可是这太慢了，彼得拿起针不停地缝下去，缝下去，他要更多的钱……这样，时间布缝到了尽头，彼得发现自己成了一个老人，老得已经拿不动针了。

🌸大道理：

要珍惜现在的生活，不要总把最美的风景寄托于未来，而匆匆缝合路上本来属于我们的无限快乐。不要到白发苍苍时再后悔，到那时错过的风景不可能再挽回。

狮子大王与时间之神

狮子大王有一次听到群兽议论道——唯有时间之神是威力无穷的,狮子大王为此百思不得其解。狮子大王认为自己是百兽之王,自己威力无比,时间之神有什么威力呢?狮子大王就渴望与时间之神比试一下到底谁更有力量。

于是狮子大王常常对着天空叫嚷道:"我是百兽之王,我力大无比,时间之神,你有什么了不起的呢?"

时间之神听到了狮子大王的狂妄之语,它便悄悄地来到狮子大王的身边,悄悄地对狮子大王说道:"我就是时间之神,我并没有什么了不起,但我却可以战胜你。"

狮子大王不屑一顾地问道:"时间之神,你在哪儿呢?"

时间之神回答道:"我就在你的身边。"

狮子大王说道:"可是我却无法看见你呀!"

时间之神说道:"我无形无状,我极其渺茫,你怎么能看见我呢?"

狮子大王问道:"你无形无状,你肯定是害怕我呀!你怎么能战胜威武凶猛的我呢?"

时间之神回答道:"我每时每刻都围绕在你的周围,我怎么会害怕你呢?我如何战胜你,到时候你就会明白一切的。"

过了数年,狮子大王渐渐地衰老,不久,狮子大王面临着死亡的折磨。

这时,时间之神又来到狮子大王的面前,它悄悄地对狮子大王说道:"百兽之王,你现在可明白我最终可以战胜你了吗?"

狮子大王相当强硬地说道:"我是百兽之王,王者之王,没有谁能战胜威力无比的我。"

时间之神说道:"你现在已经面临死亡,你可知道——是我悄悄地将你送进了死亡之地哟!你难道至今还没有醒悟——世上有不少威武的强者,他们天不怕,地不怕,就怕我将他们送进死亡之门。"

狮子大王此时有所醒悟,但它依然困惑,问道:"无形渺茫的时间之神,你究竟是凭借什么才战胜我的呢?"

时间之神悄悄地对狮子大王耳语道:"我凭借的就是永恒的时间威力,将你从过去推向现在,又将你从现在推向未来,最终将你悄悄地推向灭亡之地。"

狮子大王听了时间之神的言语,它毛骨悚然地惊叹道:"你无形无状,无声无息,你渺茫无际,遥遥无边,你真的太可怕了!你用无形无穷的力量摧毁了我瞬间巨大的威力,你真不愧为永恒伟大的时间之神呀!"

🏵大道理:

除了时间,没有什么可以成为宇宙间永恒的主宰。成功、财富、名利,在时间的长河里不过是一些闪烁的点缀。因此,对生命来说这短暂的时光更不能被虚掷空抛。

谁扛走了富翁的箱子

一位富翁买了一幢豪华的别墅。从他住进去的那天起,每天下班回来,他总看见有个人从他的花园里扛走一只箱子,装上卡车拉走。他来不及叫喊,那人就走了。这一天他决定开车去追。那辆卡车走得很慢,最后停在城郊的峡谷旁。

陌生人把箱子卸下来扔进了山谷。富翁下车后,发现山谷里已经堆满了箱子,规格式样都差不多。

他走过去问:"刚才我看见你从我家扛走一只箱子,箱子里装的是什么? 这一堆箱子又是干什么用的?"

那人打量了他一番,微微一笑说:"你家还有许多箱子要运走,你不知道? 这些箱子都是你虚度的日子。"

"什么日子?"

"你虚度的日子。"

"我虚度的日子?"

"对。你白白浪费掉的时光、虚度的年华。你朝夕盼望美好的时光,但美好时光到来后,你又干了些什么呢? 你过来瞧,它们各个完美无缺,根本没有用,不过现在……"

富翁走过来,顺手打开了一只箱子。

箱子里有一条暮秋时节的道路,他的未婚妻踏着落叶慢慢走着。

他打开第二只箱子,里面是一间病房。他的弟弟躺在病床上等他回去。

他打开第三只箱子,原来是他那所老房子。他那条忠实的狗卧在栅栏门口眼巴巴地望着门外,已经等了他两年,骨瘦如柴。

富翁感到心口绞痛起来。陌生人像审判官一样,一动不动地站在一旁。

富翁痛苦地说:"先生,请你让我取回这三只箱子,我求求您。我有钱,您要多少都行。"

陌生人做了个根本不可能的手势,意思是说:"太迟了,已经无法挽回。"说罢,那人和箱子一起消失了。

时间会在不知不觉的时候溜走，而当你觉醒时，已经晚了。所以，你要善于利用每一天的时间，提高人生的效率和质量。时间弥足珍贵，我们不能绝对地延长寿命，但可以通过善用时间的好习惯来相对地将生命延长。

人生太短暂了

爱迪生一生只上过三个月的小学，他的学问是靠母亲的教导和自修得来的。他的成功，应该归功于母亲自小对他的谅解与耐心的教导，才使原来被人认为是低能儿的爱迪生，长大后成为举世闻名的"发明大王"。

爱迪生从小就对很多事物感到好奇，而且喜欢亲自去试验一下，直到明白了其中的道理为止。长大以后，他就根据自己这方面的兴趣，一心一意做研究和发明的工作。他在新泽西州建立了一个实验室，一生共发明了电灯、电报机、留声机、电影机、磁力析矿机、压碎机等等总计两千余种东西。爱迪生的强烈研究精神，使他对改进人类的生活方式，作出了重大的贡献。

"浪费，最大的浪费莫过于浪费时间了。"爱迪生常对助手说，"人生太短暂了，要多想办法，用极少的时间办更多的事情。"

一天，爱迪生在实验室里工作，他递给助手一个没上灯口的空玻璃灯泡，说："你量量灯泡的容量。"他又低头工作了。过了好半天，他问："容量多少？"他没听见回答，转头看见助手拿着软尺在测量灯泡的周长、斜度，并拿了测得的数字伏在桌上计算。他说："时间，时间，怎么费那么多的时间呢？"爱迪生走过来，拿起那个空灯泡，向里面斟满了水，交给助手，说:"把里面的水倒在量杯里,马上告诉我它的容量。"助手立刻读出了数字。爱迪生说:"这是多么容易的测量方法啊,它又准确,又节省时间,你怎么想不到呢? 还去算,那岂不是白白地浪费时间吗?"助手的脸红了。

爱迪生喃喃地说:"人生太短暂了,太短暂了,要节省时间,多做事情啊!"

🐞大道理:

爱迪生一生发明无数,这与他会合理充分利用时间是分不开的。人生如此短暂,为什么不抓紧时间实现它的价值呢?

第七十一个男孩儿

一个商人因为业务发展的需要,决定招聘一个小伙计。

他在商店里的窗户上,贴了一张独特的广告:"招聘:一个能自我克制的男士。每星期4美元,合适者可以拿6美元。"

"自我克制"这个术语在村里引起了议论,这有点儿不平常。它引起了小伙子们的思考,也引起了父母们的思考,同时也引来了众多求职者。

每个求职者都要经过一个特别的考试。

"能阅读吗? 孩子。"

"能,先生。"

"你能读一读这一段吗?"他把一张报纸放在男孩儿的面前。

"可以,先生。"

"你能一刻不停顿地朗读吗?"

"可以,先生。"

"很好,跟我来。"商人把他带到他的私人办公室,然后把门关上。

商人把这张报纸送到男孩儿手上,报纸上面印着他要求男孩儿读完的那一段文字。阅读刚一开始,商人就放出 6 只可爱的小狗,小狗跑到男孩儿的脚边。这太过分了,男孩儿经受不住诱惑要看看美丽的小狗。由于视线离开了阅读材料,男孩儿忘记了自己的角色,读错了。当然,他失去了这次机会。

　　就这样,商人打发了七十个男孩儿。终于,第七十一个男孩儿不受诱惑一口气读完了,商人很高兴。

　　他们之间有这样一段对话:

　　商人问:"你在读报纸的时候,没有注意到你脚边的小狗吗?"

　　男孩儿回答道:"对,先生。"

　　"我想你应该知道它们的存在,对吗?"

　　"对,先生。"

　　"那么,为什么你不看一看它们?"

　　"因为我告诉过你,我要不停顿地读完这一段。"

　　"你总是遵守你的诺言吗?"

　　"的确是,我总是努力地去做,先生。"

　　商人在办公室里走着,突然高兴地说道:"你就是我要的人。明早 7 点钟来,你每周的工资是 6 美元。我相信,你大有发展前途。"

　　后来,男孩儿的最终发展的确如商人所说,若干年后,男孩儿成了一个有着良好口碑的百万富翁。

🐾大道理:

　　自我克制是成功的基本要素之一。很多人不能自我克制,也就无法把自己的精力投入到他们的工作中,完成自己伟大的使命。这也就是成功者和失败者之间的区别。

玻璃缸里的鲨鱼

曾有人做过实验,将一只最凶猛的鲨鱼和一群热带鱼放在同一个池子里,然后用强化玻璃隔开,最初,鲨鱼每天不断冲撞那块看不到的玻璃,这只是徒劳,它始终不能到对面去,而实验人员每天都放一些鲫鱼在池子里,所以鲨鱼也没缺少猎物,只是它仍想到对面去,想尝试那美妙的滋味,每天仍是不断地冲撞那块玻璃,它试了每个角落,每次都是用尽全力,但每次也总是弄得伤痕累累,有好几次都浑身破裂出血,持续了好一些日子,每当玻璃一出现裂痕,实验人员马上加上一块更厚的玻璃。后来,鲨鱼不再冲撞那块玻璃了,对那些斑斓的热带鱼也不再在意,好像它们只是墙上会动的壁画。它开始等着每天固定会出现的鲫鱼,然后用它敏捷的本能进行狩猎,好像回到海中不可一世的凶狠霸气,但这一切只不过是假象罢了。实验到了最后的阶段,实验人员将玻璃取走,但鲨鱼却没有反应,每天仍是在固定的区域游着,它不但对那些热带鱼视若无睹,甚至于当那些鲫鱼逃到那边去,他就立刻放弃追逐,说什么也不愿再过去。

大道理:

在长期的习惯形成过程中,思维也往往陷于惯性之中,于是,我们把自己也圈进没有玻璃的鱼缸中,谨慎地守着自己的边界,不肯多行一步,这虽然保证了我们的安全,却往往失去了更多的机会。

背着石头登山

有一个聪明的年轻人，很想在一切方面都比他身边的人强，他尤其想成为一名大学问家。多年过去后，他各方面都有一些长进，但是离大学问家的距离还十分遥远。他很苦恼，就去向一位大师求教。

大师说："我们登山吧，到山顶你可能就知道该如何做了。"

那山上有许多晶莹的小石头，煞是迷人。每见到他喜欢的石头，大师就让他装进袋子里背着。很快，他就吃不消了。"大师，再背，别说到山顶了，恐怕连动也不能动了。""是呀，那该怎么办呢？"大师微微一笑。"该放下。"年轻人说。"那你为何不放下呢？背着石头怎么登山呢？"大师说。

是啊，晶莹的小石头也好，渊博的知识与学问也罢，乃至诱惑我们的种种欲望，往往都是人生路途上的障碍。如果处理不当，过于贪恋，必将妨碍人们真实、真正、富有诗意的生活。生活的目的并不在于获取过多的"晶莹石头"，诸如知识、学问、地位、财富、名气、权势、事业等，充其量不过是人生的点缀或装饰品，不过是一些可以向人炫耀的资本，或是个人的一点情趣，绝非生活的根本，也非生活的本意。

🌸大道理：

知道放弃，舍得放弃，才能让自己在有限的生命里活得充实、饱满、旺盛，才能真正体验到生命的美好。有些人什么都不愿放弃，结果却什么也得不到，要懂得有所失才会有所得。

学会放弃

苏格拉底带着他的学生打开了一座神秘的仓库。这座仓库里装满了放射着奇光异彩的宝贝。这些宝贝不知道是什么时候存放的,也不知道存放者是谁。仔细看看,每件宝贝上都刻着清晰可辨的字,分别是:骄傲、妒忌、痛苦、烦恼、谦虚、正直、快乐……

这些宝贝是这么漂亮,这么迷人,学生们见一件爱一件,抓起来就往口袋里装。

可是,在回家的路上,他们才发现,装满宝贝的口袋是那么沉。没走多远,他们便感到气喘吁吁,两腿发软,脚步再也无法挪动。

苏格拉底说:"孩子们,我看还是丢掉一些宝贝吧。后面的路还长呢!"

学生们恋恋不舍地在口袋里翻来翻去,不得不咬咬牙丢掉一两件宝贝。但是,宝贝还是太多,口袋还是太沉,年轻的人们不得不一次又一次停下来,一次又一次咬着牙丢掉一两件宝贝。"痛苦"丢掉了,"骄傲"丢掉了……口袋的重量虽然减轻了不少,但年轻的人们还是感到它很沉很沉,双腿依然像灌了铅似的重。

"孩子们,"苏格拉底又一次劝道,"你们再把口袋翻一翻,看还可以甩掉一些什么。"

学生们终于把最沉重的"名"和"利"也翻出来甩掉了,口袋里只剩下了"谦虚""正直""快乐"……一下子,他们感到说不出的轻松,脚上仿佛长了翅膀。

苏格拉底长舒了一口气:"啊,你们终于学会了放弃!"

大道理:

不是所有东西都可以被放弃,比如那些内心的价值观念;不是所有的东西都应该被保留,比如名缰利锁和无谓的骄傲。但生活中我们的做法却经常相反,丢掉了从小秉承的正直、快乐,却舍不得放弃名和利。

松手就可以着地

一个盲人过桥的时候不慎把脚踩出了桥面。他身体一倾,几乎栽倒在桥下。幸好桥栏杆上的横木挡了他一下,于是他用双手抓住了栏杆,而身体却悬在半空中。

盲人以前曾不止一次从这座桥上走过。尤其是在那春雨过后、山洪暴发的日子,他过桥时听到桥下哗哗作响的流水声,真有点儿毛骨悚然、胆战心惊。

可是这一次盲人过桥,正值秋高气爽、小河断流的季节。一般的人过桥看得见桥下干涸的河床,走在桥上有走旱路的感觉。然而盲人却没法看到河中的情形,他凭以往的经验判断,认为桥下必定是水流湍急的深渊。因此,他失脚以后使出了浑身的力气抓住桥栏杆不放,一边奋力挣扎着试图爬上桥去,一边急切地希望得到他人的救助。

当时从桥上经过的人,看到盲人抓着桥栏杆有惊无险、盲目恐慌的情景,既好笑又怜悯地指点他说:"用不着害怕,你双脚离地不远,松手就可以着地。"盲人不相信这话。他心里想:"不肯拉我一把,却要我松手掉下去,这不是存心坑人吗?"想到这里,他不禁绝望地大哭起来。

不一会儿,盲人力气耗尽,两手一滑,身体坠了下去。出乎盲人想象的是,他还没有来得及感受空中失重、丧魂落魄的投河悲哀,顷刻之间双脚就触到了地,以至于他落地以后身体打了一个趔趄才站稳了脚跟。原来这桥下真如那路人说的一样,一点儿水都没有。盲人这时才松了一口气。他有点儿不好意思地笑着说:"早知道这桥不高,下面没有水,我就不会吊在栏杆上吃苦头了。"

🐞**大道理:**

生活并不是一帆风顺的,当你遭遇困境时我们需要学会放手。不要担心,放手之后并不会坠入深渊,相反,你可能因此而得救。放弃不代表对生活的失职,它也是人生中的契机。

从头再来

1941 年12月的一天晚上,托马斯·爱迪生的实验室遭遇了一场大火,爱迪生近200万美金的设备和大部分研究成果化为灰烬。在大火最猛烈的时候,爱迪生24岁的儿子查里斯在浓烟和废墟中发疯似的寻找着父亲,他怕父亲忍受不了这一痛苦而出现什么意外。

可是,查里斯眼前的老父亲是怎样的呢? 只见爱迪生非常平静地看着火势,他的脸在火光摇曳中闪亮,他的白发在寒风中飘动。"我真为他难过。"查里斯事后这样描述,"父亲67岁了——他已经不再年轻了——可眼下这一切都付诸东流。令我难以置信的是,父亲一见我就直嚷:'查里斯,你母亲去哪儿了? 快把她找来,这辈子恐怕再也见不着这样壮观的场面了!'"

第二天早上,当爱迪生再次来到现场时,面对一片废墟,面对大家同情和怜悯的眼光,他镇定自若地对众人说:"灾难自有它的价值。瞧,这不,我们以前所有的谬误和过失都让大火烧了个一干二净。这下我们又可以从头再来了。"果然,在火灾刚刚过去3个星期后,爱迪生就推出了他的第一部留声机。

🐞大道理:

　　其实,没有什么东西是不能放手的。昨日渐远,你会发现,曾经以为不可放手的东西,只是生命里的一块儿跳板而已,跳过了,你的人生就会变得更精彩。人在跳板上,最艰难的不是跳下来的那一刻,而是在跳下来之前,心里的犹豫、挣扎、无助和患得患失,那种感觉只有自己才能体会得到。不用担心,只要闭上眼睛,鼓起勇气,只那么轻轻一跃,很容易就会跳过去。

生命之树也有落叶

　　十月里的一个日子,几个朋友到一家小酒吧聚会。几杯啤酒下肚,一个人的脸开始泛红。望着窗外秋日萧萧的景色,他不禁感慨:"每年的今天,我都要纪念一下,因为10年前的今天,也是我的生命之树开始有落叶的日子。"

　　10年前,他刚走出大学校门,迈进社会。他雄心勃勃,匆匆"下海",希望自己在一夜之间成为富翁。然而事与愿违,不但"富翁"没做成,反而欠了一身债,与他海誓山盟的女友也与他分道扬镳。

　　他感到秋凉刺骨,生命之树已经没有了绿叶。他趴到铁轨上,想化作天上飘浮的白云,从此无忧无虑。然而,当远处传来火车隆隆滚动的生命节奏时,他忽然听到生命热切的呼唤——生命之树有了落叶,还会重新萌发。人生本不该这样脆弱,不该这样经不起霜打。他迅速爬起来,重又扑入"大海"的怀抱,终于获得了成功,成为全城闻名的人物。人生,是要走过生命的四季。

🐢**大道理:**

当秋寒袭来的时候,树木自知无法抗争,便抖落叶片,用一身硬骨傲迎风霜。当一个人的生命之树有了落叶的时候,要告诫自己:失去的只是昨天,绿意并不遥远。风霜的吹打只是为了更好地检验生命的意志。

缺角的圆

有一个圆,被切去了好大一部分,它想恢复完整,没有任何残缺,因此四处寻找失去的部分。

因为它残缺不全,只能慢慢滚动,所以能在路上欣赏花草树木,还和毛毛虫聊天,享受阳光。它找到各种不同的碎片,但都不合适,所以把它们都留在路边,继续往前寻找。

有一天,这个残缺不全的圆找到一块儿非常合适的碎片,它很开心地把那块儿碎片拼上,开始滚动。

现在它是完整的圆了,能滚动得很快,快得使它注意不到路边的花草树木,也不能和毛毛虫聊天。

它终于发现滚动太快使它看到的世界好像完全不同,便停止了滚动,把补上的碎片丢在路旁,慢慢滚走了。

🐢**大道理:**

缺角的圆是不完美的,但人生就是在不完美中追求完美的。也正因为这不完美,才让我们有机会欣赏追求完美的路上那些美丽的风景,这样的人生不也是很充实的吗?而这充实,需要抛开那些美丽的诱惑才能实现。

微笑并善于忍耐

古河是个穷孩子,小时候帮人做豆腐。古河是个认真的孩子,做事总是尽心尽力,又总是充满信心,所以做的事情也很多。主人什么时候看到他,他都是信心十足、笑容满面的样子,所以主人把看他做事当成是一件愉快的事。

长大后,他不再做豆腐了,被放债的人雇去催收钱款。古河靠着他的笑容,把收款的事情做得很出色,多么难收的款他也能收回来。

有一次,古河到一个借债的人那里要钱,这笔债早就应该还了,可是借债的人硬是想拖。一看来了个讨债的,脸色立刻由晴转阴,对古河一脸冰霜,横竖不理不睬。他把古河一个人晾在那里,自己做自己的事。晚上,直到睡觉的时候,他也没搭理古河,索性关了灯,睡大觉去了。

古河一个人摸黑枯坐,晚饭也没吃,又冷又饿,但他就是不生气,就那么静静地坐着,一直坐到天亮。

第二天早晨,那个借债的人看到古河仍然坐着,脸上仍然挂着笑容,没有一点儿生气的样子,着实被感动了,恭恭敬敬地把钱还给了古河。

后来,古河买了一个废弃的铜矿,再后来成为日本的矿业大王。

人们问古河成功的秘诀,古河说:"发财的秘方就是'忍耐'二字。"又说:"有了忍耐,就没有一件东西能阻挡你前进。"

大道理:

执着地守候着信心与笑容,一切都变得有利起来。

一个做厨师的父亲

一个女儿对父亲抱怨她的生活,抱怨事事都那么艰难。她不知该如何应付生活,想要自暴自弃了。她已厌倦抗争和奋斗,好像一个问题刚解决,新的问题就又出现了。

她的父亲是位厨师,他把她带进厨房。他先往三只锅里倒入一些水,然后把它们放在旺火上烧。不久锅里的水烧开了,他往第一只锅里放些胡萝卜,第二只锅里放入鸡蛋,最后一只锅里放入碾成粉状的咖啡豆。他将它们浸入开水中煮,一句话也没说。

女儿咂咂嘴,不耐烦地等待着,纳闷父亲在做什么。大约20分钟后,他把火闭了,把胡萝卜捞出来放入一个碗内,把鸡蛋捞出来放入另一个碗内,然后又把咖啡舀到一个杯子里。做完这些后,他才转过身问女儿:"亲爱的,你看见什么了?"

"胡萝卜、鸡蛋、咖啡。"她回答。

他让她靠近些,并让她用手摸摸胡萝卜。她摸了摸,注意到它们变软了。

父亲又让女儿拿一只鸡蛋并打破它。将壳剥掉后,她看到的是个煮熟的鸡蛋。

最后,父亲让她啜饮咖啡。品尝到香浓的咖啡,女儿笑了。她怯声问道:"父亲,这意味着什么?"

父亲解释说,这三样东西面临同样的逆境——煮沸的开水,但其反应各不相同:胡萝卜入锅之前是强壮的,结实的,毫不示弱,但进入开水后,它变软了,变弱了;鸡蛋原来是易碎的,它薄薄的外壳保护着它呈液体的内脏,但是经开水一煮,它的内脏变硬了;而粉状咖啡豆则很独特,进入沸水后,它们倒改变了水。"在艰难和逆境面前,你可以学胡萝卜、鸡蛋或是咖啡豆。你可以屈服,也可以使自己变得更坚强,甚至,你可以改变环境!"

☕ 大道理:

本杰明·富兰克林说:"你有权决定自己对逆境的态度和自己的前途。"

砌　砖

有名记者,为了一篇有关建筑业前景的专稿而到某个建筑区进行采访。

当他走进建筑区时,看到一名年轻人正在砌砖。他便走向前去问他:"先生,你在做什么呢?""你没长眼啊,我在砌砖呀。在这大日头底下干活,真叫人受不了。"

记者不再打扰他,便走到另一处去。他又碰到另一名正在砌砖的年轻人。

"嘿,先生,你在做什么啊?"

这个人抬头笑了笑说:"噢,我在建房子,每个幸福家庭都必须拥有一套舒适的房子啊!"

接着,记者来到了另外一处,又见到了一名砌砖的年轻人。他走上前去,问道:"嘿,先生,你在做什么啊?"

这个人边干活边哼着小曲,他满面笑容开心地说:"我们正在建设一座新城市。"

10年后,第一个人依然在砌砖;第二个人坐在办公室里画图纸——他成了工程师;第三个呢,是前两个人的老板。

🏵大道理:

同样是在砌砖,不同的人有不同的看法,而这不同的看法最终造就了不同的结果。即使再卑微细小的工作,也蕴涵着成功的可能。只要你向着这个方向努力,"可能"就可以变成现实。

一块石头到底能走多远

一位名叫薛瓦勒的乡村邮差每天徒步奔走在乡村之间。有一天,他在崎岖的山路上被一块石头绊倒了。

他起身,拍拍身上的尘土,准备再走。可是他突然发现绊倒他的那块石头的样子十分奇异。他拾起那块石头,左看右看,便有些爱不释手了。

于是,他把那块石头放在了自己的邮包里。村子里的人看到他的邮包里除了信之外,还有一块沉重的石头,感到很奇怪,人们好意地劝他:"把它扔了,你每天要走那么多路,这可是个不小的负担。"

他却取出那块石头,炫耀着说:"你们谁见过这样美丽的石头?"

人们都笑了,说:"这样的石头山上到处都是,够你捡一辈子的。"

他回家后疲惫地睡在床上，突然产生了一个念头，如果用这样美丽的石头建造一座城堡那将会多么迷人。于是，他每天在送信的途中寻找石头，每天总是带回一块，不久，他便收集了一大堆奇形怪状的石头，但建造城堡还远远不够。

于是，他开始推着独轮车送信，只要发现他中意的石头都会往独轮车上装。

从此以后，白天他是一个邮差和一个运送石头的苦力，晚上他又是一个建筑师，他按照自己天马行空的思维来垒造自己的城堡。

对于他的行为，所有人都感到不可思议，认为他的精神出了问题。

二十多年的时间里，他不停地寻找石头，运输石头，堆积石头。在他的偏僻住处，出现了许多错落有致的城堡。当地人都知道有这样一个性格偏执、沉默不语的邮差，在做一些如同小孩子筑沙堡的游戏。

1905 年，法国一家报纸的记者偶然发现了这群低矮的城堡，这里的风景和城堡的建筑格局令他叹为观止。他为此写了一篇介绍薛瓦勒的文章，文章刊出后，薛瓦勒迅速成为新闻人物。许多人都慕名前来参观城堡，连当时最有声望的毕加索也专程参观了薛瓦勒的建筑。

现在，这个城堡成为法国最著名的风景旅游点，它的名字就叫作"邮差薛瓦勒的理想宫殿"。在城堡的石块上，薛瓦勒当年的许多刻痕还清晰可见，有一句就刻在入口处一块石头上："我想知道一块有了愿望的石头能走多远。"据说，这就是那块当年绊倒过薛瓦勒的石头。

大道理：

滴水可以穿石。肯于坚持不懈的人，一定能够干出令人吃惊的成绩。

希望，有更强的感染力

在学校里，所有教过他的每一科的老师都摇着头说他是自甘落后。作为老师的费里斯知道他天性聪明，至少别的同学能学会的，他也能学会。但是他却拒绝努力，也不愿接受别人的帮助。对他鼓励也好，批评也好，他都无动于衷。

一天课后，费里斯找他谈话，告诉他："你的这次考试又是一塌糊涂，你不给我留一点儿余地。看来，只能给你打不及格了。你有什么要说的吗？"

"没什么可说的。"他往椅子上一靠，脸上露出嘲笑的表情，无所谓地说。

他这么一说，费里斯失望至极，只好挥挥手，让他走。他转身迈着轻松的步伐，潇潇洒洒地出了办公室。

"天呀！这孩子怎么能这样？他难道就这样认定了自暴自弃吗？谁还能帮这个孩子一把？"费里斯不自觉地大声说了出来。费里斯两手抱着头，呆坐在办公桌前，连自己都没有意识到，竟泪水涟涟。

不知过了多久，费里斯觉得有一只手放到了他的肩膀上。抬头一看，他回来了。"老师，我不知道还有人对我的事这么关心。"他说，脸上的嘲笑消失了，"如果我再试着努力一下，您能帮助我吗？"

"那你可一定要真正努力才行。"费里斯回答说，"我们俩都要加油。"

"那好吧，能从现在就开始吗？"

从那以后，他真的开始努力，各科作业都完成得很好，最后，他甚至成了班上最好的学生之一。

但是，收获最大的还是费里斯。他懂得了失望是可以传染的，而它的治疗药——希望,有更强的感染力。

大道理:

当我们失望的时候,千万不要失去信心,放弃努力,一定要再多试一次。

为什么海鸥能够飞越大海

有个孩子对一个问题一直想不通:为什么他的同桌想考第一一下子就考了第一,而自己想考第一却才考了全班第二十一名?

回家后他问道:"妈妈,我是不是比别人笨?我觉得我和他一样听老师的话,一样认真地做作业,可是,为什么我总比他落后?"妈妈听了儿子的话,感觉到儿子开始有自尊心了,而这种自尊心正在被学校的排名伤害着。她望着儿子,没有回答,因为她不知该怎样回答。

又一次考试后,孩子考了第十六名,而他的同桌还是第一名。回家后,儿子又问了同样的问题。她真想说,人的智力确实有三六九等,考第一的人,脑子就是比一般人的灵。然而这样的回答,难道是孩子真想知道的答案吗?她庆幸自己没说出口。

应该怎样回答儿子的问题呢?有几次,她真想重复那几句被上万个父母重复了上万次的话——你太贪玩了;你在学习上还不够勤奋;和别人比起来还不够努力……以此来搪塞儿子。然而,像她儿子这样脑袋不够聪明、在班上成绩不甚突出的孩子,平时活得还不够辛苦吗?所以她没有那么做,她想为儿子的问题找到一个完美的答案。

儿子小学毕业了,虽然他比过去更加刻苦,但依然没赶上他的同桌,不过与过去相比,他的成绩一直在提高。为了对儿子的进步表示赞赏,她带他去看了一次大海。就是在这次旅行中,这位母亲回答了儿子的问题。

母亲和儿子坐在沙滩上,她指着海面对儿子说:"你看那些在海边争食的鸟儿,当海浪打来的时候,小灰雀总能迅速地起飞,它们拍打两三下翅膀就升入了天空;而海鸥总显得非常笨拙,它们从沙滩飞入天空总要很长时间,然而,真正能飞越大海横过大洋的还是它们。"

❀大道理:

在人生的旅程中,能否取得成功,不仅在于速度,还在于耐力。

用力把你要进的门打开

为了补贴家用,减轻父母的负担,年幼的查尔斯很早就开始了卖报生涯。卖报也并非易事,常常会因地盘和别人发生争议,但他从不示弱,因而,他很幸运地总是胜方。

有时,他也到一些小饭馆或小酒吧去卖报,因为那里聚集的人多,但老板并不欢迎小报童的出现,总是将他扫地出门,可查尔斯并不畏缩,常常趁人不注意,又偷偷地溜进去。

就在查尔斯初中毕业准备升高中的那年夏天,他母亲说服他利用假期为保险公司拉生意。按照母亲的指点,他来到一幢办公楼前,但从何开始呢?他不知道,他有些害怕了,想打退堂鼓,毕竟他还只是个未成年的孩子;可想想自己当年做报童时的勇气和胆量,他也就镇定了,他对自己说:"当你尝试去做一件对你只有益无害的事时,你就应该勇敢地去尝试,而且应该说干就干。"就这样,他毅然走进了那幢办公大楼。

他从一间屋子出来,又马不停蹄地走进另一间屋子,不断地劝说人们购买意外伤亡保险。

他甚至不敢有片刻的犹豫,担心畏惧感会乘虚而入。他几乎跑遍了整个办公楼,最后,终于争取到两位客户。区区两位客户对别人也许算不了什么,但对查尔斯来说,却意义至关重大,可以毫不夸张地说,这是查尔斯人生历程的一座里程碑。

初试推销能拉到两位客户,查尔斯的心情别提有多高兴了。在保险公司的账户上,查尔斯也有了几元钱的佣金,这点令他异常欣喜。

🏵大道理:

遭到拒绝和挫折时,千万不要轻易灰心和放弃。只要不断地用力敲,任何门都会打开。

脚比路长

古老的阿拉比国坐落在大漠深处,多年的风沙肆虐,使城堡变得满目疮痍,国王对 4 个王子说,他打算将国都迁往据说美丽而富饶的卡伦。

卡伦距这里很远很远,要翻过许多崇山峻岭,要穿过草地、沼泽,还要涉过很多的江河,但究竟有多远,没有人知道。

于是,国王决定让 4 个儿子分头前往探路。

大王子乘车走了 7 天，翻过三座大山，来到一望无际的草地边。一问当地人，得知过了草地，还要过沼泽，还要过大河、雪山……便掉转马头往回走。

二王子策马穿过了一片沼泽后，被那条宽阔的大河挡了回来。

三王子渡过了两条大河，却被又一片辽远的大漠吓退返回。

一个月后，3 个王子陆陆续续回到了国王那里，将各自沿途所见报告给国王，并都再三特别强调，他们在路上问过很多人，都告诉他们去卡伦的路很远很远。

又过了五天，小王子风尘仆仆地回来了，兴奋地报告父亲，到卡伦只需数天的路程。

国王满意地笑了："孩子，你说得很对，其实我早就去过卡伦。"

几个王子不解地望着国王："那为什么还要派我们去探路？"

国王一脸郑重地说道："那是因为我只想告诉你们 4 个字：脚比路长。"

🌸 大道理：

在人生中，不怕目标的高远，只怕缺乏追寻的勇气、热情和执着的精神。

坚持打字的母亲

鲍勃回到家里的时候，被眼前的景象惊住了：母亲双手掩着脸埋在沙发里——她在哭泣。他还从未见她流过泪。

"妈妈，"鲍勃问道，"出什么事了？"

她深深地吸了口气，勉强露出一丝笑容。"没有，真的。没什么大不了的事。只是，我那个刚到手的工作就要丢掉了。我的打字速度跟不上。"

"可您才干了三天啊，"鲍勃说，"您就会成功的。"他不由得重复起她的话来。在他学习上遇到困难，或者面临着某件大事时，她曾经上百次地这样鼓励他。

"不，"她伤心地说，"没有时间了，很简单，我不能胜任。因为我，办公室里的其他人不得不做双倍的工作。"

"一定是他们让您干得太多了。"鲍勃不服气，她只看到自己的无能，他却希望发现其中有不公。然而，她太正直，他无可奈何。

"我总是对自己说，我要学什么，没有不成功的，而且，大多数时候，这话也都兑现了。可这回我办不到了。"她沮丧地说道。

鲍勃说不出话。

几天后，母亲平静了些。她站起身，擦去眼泪说："好了，我的孩子，就这样了。我可以是个差劲的打字员，但我不是个寄生虫，我不愿做我不能胜任的工作，我可以干些别的。"

时隔八天，她接受了一个纺织成品售货员的职业。

然而，此后，妈妈每晚仍坚持练习打字。

大道理：

只要肯努力，软弱的人也可以变得异常坚强。

坚定自己的信念就能做得更好

每当尼克失意的时候，他母亲就这样说："最好的总会到来，如果你坚持下去，总有一天你会交上好运。并且你会认识到，要是没有从前的失望，那是不会发生的。"

事实证明，他母亲是对的。尼克毕业后，决定试试在电台找份工作，然后,再设法去做一名体育播音员。

尼克搭便车去了芝加哥,敲开了每一家电台的门——但每次都碰了一鼻子灰。在一个播音室里,一位很和气的女士告诉他,大电台是不会冒险雇用一名毫无经验的新手的。

"再去试试,找家小电台,那里可能会有机会。"妈妈鼓励他。

尼克又搭便车回到了伊利诺伊州的迪克逊。这一次,他仍然没能如愿。

尼克失望的心情一看便知。"最好的总会到来。"母亲提醒他说。

父亲借车给他,于是尼克驾车行驶了 70 英里,来到了特莱城。他试了试艾奥瓦州达文波特的 WOC 电台。

节目部主任是位很不错的苏格兰人,名叫彼特·麦克阿瑟,他告诉尼克说,他们已经雇用了一名播音员。

当尼克离开彼特的办公室时,受挫的郁闷心情一下子发作了。他大声地问自己:"要是不能在电台工作,又怎么能当上一名体育播音员呢?"

尼克正在那里等电梯,突然听到了麦克阿瑟的叫声:"你刚才说体育什么来着?你懂橄榄球吗?"接着,彼特让尼克站在一架麦克风前,叫他凭想象播一场比赛。结果,尼克被录用了。

❀大道理:

在生活的挫折面前,有没有坚强刚毅的性格,在某种意义上说,也是区别伟人与庸人的标志之一。

让人撑下去的信念

家道中落的父亲,临终,把独子叫到床前,指指床下,颤抖着说:"这儿有一幅画,是唐代王维的真迹,是你爷爷留下来的。"苦笑一下,

"这么多年来，家里的钱被人坑的坑、盗的盗，可是我始终守着这幅画。我心里很踏实，我告诉自己，我还有路，真绝了，还能把这幅画卖了。就这样，我居然撑下来了，能把这幅画好好交到你手里。"话说完，老人就咽了气。

丧事办完，儿子在老母亲的陪同下，拉出床下的铁箱子，打开来，果然有一幅精裱的古画，象牙的轴头、织锦的卷首。展开来，虽然绢色早已变暗，但是笔力苍劲，一看就是一幅传世的无价之宝。

"把画卖了吧，"老母亲说，"好供你去留学。"

"不，"儿子说，"不能卖，以前家里那么苦，爸爸都撑下来没卖，我也能撑下来，除非路走绝了……"

天无绝人之路，儿子居然靠为人补习、出国打工和得到的奖学金，顺利地修到学位，还交到一个可爱的女朋友。

"你有多少钱能娶我的女儿?"女朋友的父亲看不上这个穷小子。

年轻人一笑，说："伯父，我家既穷也不穷，说实话我们还挺有钱，因为我家传下来一张唐代王维的真迹，只是我妈不愿卖，卖了最少能买一幢房子。下次我拿来，你看看就知道了。"

女朋友的父亲笑笑："不用看了，瞧你说话的样子就不假。我佩服你，那么苦还能守住那幅画，我也相信，你能守住我女儿。"

他们结婚了，胼手胝足，打下一片江山。20年后，他成为大企业家。

🌸大道理：

自力更生的品质和强有力的精神支柱，比万贯家产更能促进一个人的成功。

不应该半途而废

有一位熨衣工人住在拖车房屋中,周薪只有 60 美元。他的妻子上夜班,虽然夫妻俩都工作,但赚到的钱也只能勉强糊口。他们的婴儿耳朵发炎,他们只好连电话也拆掉,省下钱去买药治病。

这位工人希望成为作家,夜间和周末都不停地写作,打字机的噼啪声不绝于耳。他的余钱全部用来付邮费,寄原稿给出版商和经纪人。

然而,他的作品却全部被退回了。退稿信很简短,非常公式化,他甚至不敢确定出版商和经纪人究竟有没有真的看过他的作品。

一天,他读到一部小说,令他记起了自己的某本作品,他把作品的原稿寄给那部小说的出版商,出版商把原稿交给了皮尔·汤姆森。

几个星期后,他收到汤姆森的一封热诚亲切的回信,说原稿的瑕疵太多。不过汤姆森的确相信他有成为作家的希望,并鼓励他再试试看。

在此后的 18 个月里,他又给编辑寄去两份原稿,但都被退还了。他开始试着写第四部小说,不过由于生活逼迫,经济上捉襟见肘,他准备放弃希望。

一天夜里,他把原稿扔进垃圾桶。第二天,他妻子把它捡回来。"你不应该半途而废,"她告诉他,"特别是在你快要成功的时候。"

他瞪着那些稿纸发愣。也许他已不再相信自己,但他妻子却相信他会成功。一位他从未见过面的纽约编辑也相信他会成功。因此,每天他都写 1500 字。

写完了以后,他把小说寄给汤姆森,不过他以为这次又准会失败。可是他错了,汤姆森的出版公司预付了 2500 美元给他。

这个人就是史蒂芬·金,史蒂芬·金的经典恐怖小说《嘉莉》也就这样诞生了。这本小说后来销了 500 万册，还被摄制成电影，成为 1976 年最卖座的电影之一。

🐾 **大道理：**

没有人能一步登天，失败只是暂时的。不要因为暂时的失败而半途而废，尤其是在快要成功的时候，只要再坚持一下，就会拥抱成功。

脚边的一枚大头针

法国"银行大王"恰科早在读书时就立志要当一个银行家。开始时，他鼓足勇气到巴黎一家最有名气的银行去碰运气，结果吃了一个"闭门羹"。但这个年轻人并不气馁，他又去了其他几家银行，可是都被拒之门外。

几个月后，恰科又去了开始的那家银行，并且有幸见到行长，但是再次遭到拒绝。他慢慢地从银行出来，突然发现脚边有一枚大头针。想到进进出出的人可能被大头针弄伤，小伙子马上弯腰拾起了大头针，然后小心翼翼地放进旁边的垃圾桶里。

到家后，奔跑了一天的恰科躺在床上休息。他先后求职 52 次，可连一次面试的机会也没有。

尽管命运对自己这么不公，可第二天恰科还是准备再去碰运气。在他离开住所关门的时候，意外地发现信箱里有一封信。拆开一看，原来是那家赫赫有名的银行寄来的录取函。原来，恰科昨天拾起大头针的一幕被行长看见了，他认为精细小心正是银行职员必须具备的素质，于是改变了原先的想法，决定录用这个小伙子。凭着这枚小小的大头针，恰科走进了银行的大门，后来成为法国的"银行大王"。

老子曾说："天下难事，必作于易；天下大事，必作于细。"细心观察生活，不放过生活中的小细节，成功就离你不远了。

拔掉毒牙的银枪蛇

非 洲喀麦隆西部有一种细如手指的银枪蛇，铅灰色，有剧毒。因为其体形细小，在草地爬行时很少被发现，就连视觉锐利的草蛇鹰也不能发现它。

当地妇女喜欢用银枪蛇做耳环。她们捉到银枪蛇后，先拔去毒牙，防止它伤人，然后将它扎成小圈，系上细线吊在耳垂上。于是一条活蛇就挂在耳朵上，它时时昂起头，吐出火红的蛇芯子，当地妇女常以此炫耀自己的美。但在她们炫耀自己美丽的同时，却有一个奇怪的现象：戴上银枪蛇耳环的妇女，手臂经常会有大片的抓痕，这是为什么呢？一位动物爱好者经过观察研究，得出了结论：抓痕源自草蛇鹰的攻击。草蛇鹰是从来不攻击人类的，但为什么戴上银枪蛇耳环的当地妇女会遭受攻击呢？原来是因为她们耳朵上的银枪蛇。因为平时银枪蛇藏在草丛中，不易被发现，但当它被戴做耳环的时候，暴露在草丛外，并且其时常会昂起头，吐出火红的蛇芯子，当有草蛇鹰低空飞过时，锐利的眼睛很快就会发现它，草蛇鹰便会俯冲下来直奔银枪蛇，这时，妇女们会本能地用手臂护住头部，这样一来，他们的手臂经常会被草蛇鹰的利爪抓伤。

当地妇女以为拔掉银枪蛇的毒牙就可以万元一失地炫耀自己的美，却忽略了草蛇鹰捕蛇的天性。

大道理：

当我们面对复杂情况时，总在解决了关键的问题后便放松了警惕，但其实往往在这个时候,许多意想不到的情况便会接踵而来。

鞋子上的小污点

明朝有这样一个故事:一个名叫张瀚的人,在京城都察院任职。张瀚才貌双全,深得御史大人的赏识和器重。由于当时明朝官场腐败混乱,不正之风盛行,张瀚在都察院一年之后也染上了一些不良嗜好。御史大人不愿看到张瀚深陷泥淖,于是将张瀚请到自己家中,劝张瀚在官场中要洁身自好,不要随波逐流。然而,张瀚却不以为然,从椅子上起身对御史大人说:"御史大人,我身上的这些小毛病算不得什么,没有必要小题大做!"说罢,张瀚欲转身离开。

御史大人当即严峻地对张瀚说:"张瀚你坐下。"无奈之下,张瀚坐下,接着,御史大人说:"我给你讲一个故事:今天,我在东街看到一个很有福相的人,他穿了一双新鞋子,走路时总是小心翼翼,生怕弄脏了自己的新鞋子。尽管昨天晚上下了一场大雨,路面到处是泥泞、积水,但他穿的鞋子的鞋面崭新如初。后来,他到东街口,一辆疾驰的马车将路上的泥水溅起,把他的鞋子弄脏了一小块。之后,这个男子走路再也不像以前那样小心谨慎了,而是无所顾忌,走哪儿是哪儿。后来,那双鞋子变得肮脏不堪,像从泥塘里捞出来似的。不仅如此,他的身上也弄得到处泥迹斑斑。"

听完御史大人的故事后,张瀚顿悟,立即下跪向御史大人认错,并痛改前非。

大道理:

鞋子上的一个小污点,就能让一个很有福相的人不再爱惜自己的新鞋子,最后竟然毁掉他一身整洁的形象。在工作生活中,每个人都不要小看鞋子上的小污点,它可能影响和改变一个人的心态,最后弄脏他的全身。

人造蜘蛛网截水

智利北部有一个叫丘恩贡果的小村子,这里西临太平洋,北靠阿塔卡玛沙漠。特殊的地理环境,使太平洋冷湿气流与沙漠上的高温气流终年交融,形成了多雾的气候,可浓雾丝毫无益于这片干涸的土地,因为白天强烈的日晒会使浓雾很快蒸发殆尽。

一直以来,在这片被干旱统治的土地上,看不到绿色,没有一点儿生机。

加拿大一位名叫罗伯特的物理学家在进行环球考察时经过这片荒凉之地。在这里,除了村子里的打鱼人,他没有发现任何生命迹象。但他有一个重要发现,那就是这里处处蜘蛛网密布。这说明蜘蛛在这里四处繁衍,生活得很好。为什么只有蜘蛛能在如此干旱的环境里生存下来呢?这引起了罗伯特极大的兴趣。罗伯特把目光锁定在这些蜘蛛网上。借助电子显微镜,他发现这些蜘蛛丝具有很强的亲水性,极易吸收雾气中的水分。而这些水分,正是蜘蛛能在这里生生不息的源泉。

人类为什么不能像蜘蛛织网那样截雾取水呢?在智利政府的支持下,罗伯特研制出一种人造纤维网,选择当地雾气最浓的地段排成网阵,这样,穿行其间的雾气被反复拦截,形成大的水滴,这些水滴滴到网下的流槽里,经过过滤、净化,就成了新的水源。

如今,罗伯特的人造蜘蛛网平均每天可截水 1 万多升,而在浓雾季节,每天可截水 13 万升,不仅满足了当地居民生活之需,而且还可以灌溉土地,让这片曾经满目荒凉、尘土飞扬的荒漠重现生机,长出了百年不见的鲜花和青绿的蔬菜。

俗话说："办法总比困难多。"只要善于观察，积极动脑，肯于尝试，勇于坚持，就没有克服不了的困难、突破不了的障碍。

减少一滴焊接剂

有 一位青年在美国某石油公司工作，他所做的工作连小孩儿都能胜任，就是巡视并确认石油罐盖有没有自动焊接好。

石油罐在输送带上移动至旋转台上，焊接剂便自动滴下，沿着盖子回转一周，作业就算结束。他每天如此，反复好几百次地注视着这种作业，枯燥无味，厌烦极了。他想创业，可又无其他本事。他发现罐子旋转一次，焊接剂滴落 39 滴，焊接工作便结束了。他想，在这一连串的工作中，有没有什么可以改善的地方呢？一天，他突然想到：如果能将焊接剂减少一两滴，是不是能节省点儿成本？

于是，他经过一番研究，终于研制出 37 滴型焊接机。但是，利用这种机器焊接出来的石油罐，偶尔会漏油，并不理想。但他不灰心，又研制出 38 滴型焊接机。这次的发明非常完美，公司对他的评价很高。不久便生产出这种机器，改用新的焊接方式。虽然节省的只是一滴焊接剂，但"一滴"却给公司带来了每年 5 亿美元的新利润。

这位青年，就是后来掌握全美制油业 95％股权的石油大王约翰·洛克菲勒。

注重生活中的细节，注意普通人容易忽略的平凡小事，见别人所未见,想别人所不能想,才能做别人所不能做的事,取得别人难以企及的成就。

雨衣的诞生

英伦三岛是欧洲最潮湿多雨的地方。因为常年云雾笼罩,伦敦便成了世界上有名的"雾都"。而比起"雾都",苏格兰的天气就更糟了,这里常常一连数月阴雨连绵,不见天日。因此人们戏称,苏格兰是个"天漏"的地方。

在苏格兰,有许多规模很大的橡胶园,在橡胶园里刮胶只能在露天劳作,这是一件十分辛苦的事。许多橡胶工人,因为家境贫困,买不起雨伞,便只能冒雨赶路上下班。天长日久,许多人都患了各种各样的疾病。

麦金托什是一位贫穷的橡胶工人,也因此得了严重的风湿症。妻子心疼极了,背着麦金托什节衣缩食,悄悄为他添置了一件新外衣,让丈夫在外工作时少受风寒之苦。

这天,麦金托什穿着新外衣,兴冲冲地上班去了。想到妻子的一片爱心心里暖融融的,他觉得,自己要多挣些钱回去,给家里改善改善伙食。一阵猛干,把麦金托什累得腰酸背疼。

"喂,伙计,你在玩命呢? 快歇一会儿吧!"一位同事看到麦金托什没命地干了整整一上午,不忍心地招呼说。

"歇就歇一会儿吧,实在累坏我了。"麦金托什说着,把刮下的一大桶橡胶液放到一旁,准备休息。可一不小心,一大滴橡胶液溅到他的新外衣上了。

"唉,糟了,这下新衣服给弄脏了。"麦金托什连忙用手指去抹沾在衣服上的橡胶,可哪里抹得掉啊! 橡胶是一种十分黏稠的液体,麦金托什几次揩抹,结果反而弄脏了一大片。麦金托什懊恼地想:新衣服第一次穿,就弄了这么大一块脏斑痕,真对不起妻子。下午干活的时候,他索性把外衣脱下,放在了一旁,怕再不小心碰上了橡胶液。

下班路上,下起雨来了。麦金托什加快了步伐,可雨点越下越大。麦金托什没有雨伞,冒着大雨在路上奔跑。

“呀!看你淋得像只落汤鸡,快把湿衣服换下,别着了凉。”妻子忙着帮麦金托什脱下外衣。“哟!奇怪,其他地方都湿透了,你的后背上的内衣怎么没有受潮?”妻子惊奇地问,因为以往丈夫雨天回来,后背上总是最湿。

麦金托什拿起外衣一看,奇怪,外衣后背的干处正好是被那滴橡胶液弄脏的地方。“难道说用橡胶液涂在衣服上可以防雨?”麦金托什不由自主地做起实验来,他在一件旧外衣上全部涂了橡胶,当他在雨中一试,果然灵验。橡胶确实可以用来防雨呢。

世界上第一件雨衣,就这样在麦金托什手中诞生了。这个故事发生在1823年。后来,人们为了感谢麦金托什,便把这种雨衣叫作麦金托什。

🏵大道理:

有些新东西只不过是在不经意间出现的,如果能够抓住这些不经意,那么,就有可能是一项伟大的发现。

偶然间的巨大发现

别涅迪克博士是法国一家化学研究所的高级研究员。一次,在实验室里,他准备将一种溶液倒入烧瓶,一不小心烧瓶“咣当”落在了地上,糟糕!还得费时间打扫玻璃碎片,别涅迪克博士有些懊恼。然而,烧瓶并没有破碎,于是他弯下腰捡起烧瓶仔细观察,这只烧瓶和其他烧瓶一样普通，以前也曾有烧瓶掉在地上，但无一例外全都破成了碎片，为什么这只烧瓶仅有几道裂痕，而没有破碎呢？别涅迪克博士一时找不到答案，于是他就把这只烧瓶贴上标签，注明问题，保存起来。

不久后的一天，在别涅迪克博士走进实验室前，他看到一张报纸上报道说，市区有两辆客车相撞，车上的多数乘客被挡风玻璃的碎片划伤，其中一辆车的司机被一块碎玻璃刺穿面部而进入口腔。别涅迪克博士一下子想到了那只裂而不碎的烧瓶。他走进实验室拿过那只烧瓶，只见那只烧瓶的瓶壁有一层薄薄的透明的膜。别涅迪克博士用刀片小心地取下一点进行化验，结果表明，这只烧瓶曾盛过一种叫硝酸纤维素的化学溶液，那层薄薄的膜就是这种溶液蒸发后残留下来，遇空气后产生了反应，从而牢牢粘贴在瓶壁上起到保护作用。因为无色透明，所以一点儿也不影响视觉。"如果这种溶液，用于汽车玻璃的生产中，以后再发生类似的交通事故，乘客的生命安全不是更有保障吗？"

别涅迪克博士因为这个小小的发现，而荣登20世纪法国科学界突出贡献奖的榜首。

大道理：

每一种成功都始于一双善于发现的眼睛，更始于执着探索的心灵。我们常常慨叹没有机遇，但许多时候，机遇来临时往往悄无声息，而且稍纵即逝。思维是否敏捷，目光是否敏锐，是决定能否抓住机遇的关键。

区　别

爱若和布若同时受雇于一家超级市场，可不久爱若一再被经理提升，而布若却还在最底层。布若埋怨总经理待人不公平，总经理说："这样吧，在谈这个问题之前，是不是请你马上到集市上去，看看今天有什么卖的。"

布若很快从集市上回来了,告诉总经理:只有一个农民拉了一车土豆在卖。总经理问:"一车大概有多少袋?"布若又跑回去,回来后说有40袋,总经理又问:"价格是多少?"布若再次跑到集市上去问。

总经理让跑得气喘吁吁的布若休息一会儿,随后又叫来爱若,让他也到集市上看看今天有什么卖的。

爱若很快从集市回来了,说到现在为止,只有一个农民在卖土豆,有40袋,价格适中,质量很好。他带回几个,让总经理看。还说,这个农民过一会儿还有西红柿上市,他估计这种价格的西红柿总经理大概会要,所以不仅带回了几个西红柿做样品,而且把那个农民也带来了,农民现在正在外面等总经理回话呢。

总经理深深地看了布若一眼,他什么也没有说,可布若的脸已经红了。

🐝大道理:

生活中往往有一些细节被我们所忽视,有些时候就是因为一个细节而功亏一篑,或者因为一个细节而成就大事。对生活中的细节,你有没有仔细而认真地观察呢?胜败存在于细节中。

先把身边的小事做好

米查尔·安格鲁是一位著名的雕塑家。这一天,萨克尔再次来到安格鲁家,发现自他上周参观以来,雕塑家一直忙于同一个雕塑的创作,他感到非常奇怪。

望着诧异的萨克尔,雕塑家解释道:"我在这个地方润色了一下,使那变得更加光彩些,使面部表情更柔和了些,使那块儿肌肉更显得强健有力,然后使嘴唇更富有表情,使全身更显得有力度。"

萨克尔不解地说道:"但这些都是些琐碎之处,不大引人注目啊!"

雕塑家回答:"情形也许如此,但你要知道,正是这些细小之处使整个作品趋于完美,而让一件作品完美的细小之处,可不是一件小事情啊!那些成就非凡的大家总是于细微之处用心、于细微之处着力,这样日积月累,才能渐入佳境,出神入化。"

🐛 大道理:

一旦我们坚持尽力做好那些我们能够完成的小事,我们就会惊异地发现,我们能把许多大事也做得尽善尽美了。许多成就非凡的大家总是于细微之处用心,于细微之处用力,才使作品出神入化。

马掌蹄铁上的一个钉子

从前有一位商人,带着货物到市场上出售,他的运气非常好,生意兴隆,所有的货物都卖出去了,口袋里塞满了金子和银子。第二天,他准备回家,并且想在天黑之前赶到家中。

他把钱塞在背包里,放到马背上,然后骑着马上路了。中午的时候,他路过一座小城,休息了一会儿后,打算继续赶路。这时,他的仆人把马牵到他的面前说:"主人,马的后掌蹄铁上掉了一个钉子。"

"就这样吧!"商人说,"我只

有 6 个小时的路程了,这马蹄铁不至于掉下来。我们要急着赶路呢!"

下午,商人下马休息,叫仆人到附近喂马。仆人回来后又对他说:"主人,马的后掌蹄铁已经掉啦,我是不是牵它去重新打个马掌?"

"就这样吧!"主人答道,"只不过剩下两个小时的路程了,这马应该还能挺得住的。"他们继续赶路了。没走多远,马便开始一瘸一拐了;跛着走了没多久,开始跌跌撞撞了,又没走多远,终于一跤跌下去,腿折断了。商人只好将马留下,把背包解下来背在自己肩上,步行回家。结果,他一直到深夜才回到家中。

🐾大道理:

生活中一定要注意细节,即使是那些看起来不太重要的地方也要倍加重视。往往由于小地方的疏忽,而铸成了大的过错、失误。所以,小的过失一定要及时改正,如果稍不留心,就会酿成无法弥补的大错。

一份伤痕累累的简历

小吴是某大学应届毕业生,参加招聘会的那天早上,小吴不慎碰翻了水杯,将放在桌上的简历浸湿了。为尽快赶到会场,小吴只将简历简单地晾了一下,便与其他东西一起,匆匆塞进背包。

在招聘现场,小吴看中了一家深圳房地产公司的广告策划主管岗位。按照这家企业的要求,招聘人员将先与应聘者简单交谈,再收简历,被收简历的人将得到面试的机会。

轮到小吴时,招聘人员问了小吴 3 个问题后,便向他要简历。小吴受宠若惊地掏出简历时,这才发现,简历上不光有一大片水渍,而且放在包里一揉,再加上钥匙等东西的划痕,已经不成样子了。小吴努力将它弄平整,递了过去。看着这份伤痕累累的简历,招聘人员的眉头皱了皱,还是收下了。

那份折皱的简历夹在一沓整洁的简历里，显得十分刺眼。

三天后，小吴参加了面试，表现非常活跃，无论是现场进行电脑操作，还是为虚拟的产品做口头推介，他都完成得不错。在校读书时曾身为学校戏剧社骨干社员的小吴，还即兴表演了一段小品，赢得面试负责人的啧啧称赞。当他结束面试走出办公室时，一位负责的小姐对他说："你是今天面试者中最出色的一个。"

然而，面试过去一周后，小吴依然没有得到回复。他急了，忍不住打电话向那位小姐询问情况。小姐沉默了一会儿，告诉他："其实招聘负责人对你是很满意的，但你败在了简历上。老总说，一个连简历都保管不好的人，是管理不好一个部门的。你应该知道，简历实际上代表的是你的个人形象，将一份凌乱的简历投出去，有失严谨。"

🌸大道理：

每个人都想做一番大事业，但殊不知做好每一件小事才是真正的根本。我们不缺少雄韬伟略的战略家，而是缺少精益求精的执行者。

找到别人的秘密

1905 年的一天，美国伊利湖畔繁忙的公路上，发生了一起严重的车祸：两辆汽车头尾相撞，后面又撞上了一连串的汽车，转眼间，公路上一片狼藉，碎玻璃、碎金属片满地皆是。

事故发生以后，除了警察赶到现场以外，还来了一个汽车厂的老板，他就是后来闻名于世的汽车大王亨利·福特。

福特为什么也急匆匆地赶来呢？

原来，这位精明的老板希望从撞坏的汽车上找到一点儿别人的秘密。

福特仔细地搜索着每一辆撞坏的汽车。突然,他被地上一块儿亮晶晶的碎片吸引住了,这是从一辆法国轿车阀轴上掉下来的碎片。粗看这块碎片并没有什么特殊之处,然而,它的光亮和硬度使福特感到,其中必定隐藏着巨大的秘密。

于是,福特把碎片捡了起来,悄悄地放进了口袋,准备带回去好好研究研究。

回到公司以后,福特将这块碎片送到了中心实验室,吩咐他们分析一下,看看这块碎片内究竟含有什么东西。

分析报告很快出来了,这块碎片中含有少量的金属钒:它的弹性优良,韧性很强,坚硬结实,具有很好的抗冲击和抗弯曲能力,而且不易磨损和断裂。

同时,公司情报部门送来了另一份报告,结论认为,法国人似乎是偶然使用了这块含钒的钢材,因为同类型的法国轿车上并不都使用这种钢材。

这一下,福特高兴极了。他下令立刻试制钒钢,结果确实令人满意。接着,他又忙着寻找储量丰富的钒矿,解决冶炼钒钢的技术难题,他希望早日将钒钢用在自己公司制造的汽车上,迅速占领美国乃至世界市场。

福特终于成功了。他的公司用钒钢制作汽车发动机、阀门、弹簧、传动轴、齿轮等零部件,汽车的质量得到了大幅度的提高。

几十年以后,福特汽车公司成了世界上最大的汽车生产厂商之一,福特曾高兴地说:"假如没有钒钢,或许就没有汽车的今天。"

🌸大道理:

在失败或意外中寻找事情的细节和缘由并从中获得启示,比持旁观的态度和失望的神情更加有意义。只有这样才能够获得更多的经验和教训,从而走向成功。

观察力

有位医学院的教授,在上课的第一天就对他的学生说:"当医生,最要紧的就是胆大心细!"说完,便将一只手指伸进桌上的一杯尿液里,再把手指放进自己的口中。

接着教授又将那杯尿液递给听课的学生,并要求他们按照刚才的过程做一遍。

学生们很惊诧,但没办法,只得按着教授的要求去做。

看着每个学生都忍着呕吐,一个一个照样把探入尿杯的手指塞进口里。

教授严肃地说:"不错,你们每个人都够胆大,都过了今天的第一关。只可惜不够心细,没有注意我探入尿杯的是食指,放进嘴里的却是中指啊! 所以,今天的第二关没有任何人可以通过。"学生们顿时明白了,这堂课他们收获的是比知识更重要的人生哲理。

🌸**大道理:**

细节和结论同样都是不可忽视的。专注于细节而忽视了结论固然不可取,只注意结论而忽略细节,则会让你付出更多不必要的辛苦。

每桶 4 美元的标准石油

从前,在美国标准石油公司里,有一位小职员叫阿基勃特。他在远行住旅馆的时候,总是在自己签名的下方,写上"每桶 4 美元的标准石油"字样。在书信及收据上也不例外,只要签名,就一定写上那几个字。

日复一日,年复一年,他因此被同事叫作"每桶4美元",而他的真名倒没有人叫。

公司董事长洛克菲勒知道这件事后说:"竟有职员如此努力宣扬公司的声誉,我要见一见他。"于是邀请阿基勃特共进晚餐。

后来,洛克菲勒卸任,阿基勃特成了第二任董事长。

这是一件谁都可以做到的事,可是只有阿基勃特一个人去做了,而且坚定不移,乐此不疲。嘲笑他的人中,肯定有不少人才华、能力都在他之上,可是到最后,只有他脱颖而出,成了董事长。

🐝大道理:

别轻视那些微不足道的细节,持之以恒地坚持,往往会带来意想不到的收获。注重细节的人,不仅认真对待工作,将小事做细,而且常常是在细节中成就机会,也成就了自己的成功。

小事成就伟大人生

有 一个男孩儿,父亲要他学拉丁文,但他对拉丁文不感兴趣,便对父亲说:"我不喜欢拉丁文,能不能让我做别的事情?"父亲说:"可以呀,你去挖水沟好啦,牧场正需要一条灌溉的渠道。"于是,男孩儿真的到牧场去挖水沟。可是,拿惯笔的他,拿起锹来十分吃力,当天他就累得疲惫不堪。他咬紧牙关又坚持了一天,到了傍晚,就怎么也熬不住了。他只好承认:"疲劳压倒了我的傲气。"他终于回到拉丁文的课堂上。

在以后的岁月里,男孩儿一直记着从这件挖水沟的小事中得到的教训,必须承认人有所长,也有所短;人有所能,也有所不能。

正是这件小事,改变了男孩儿的一生,使他认识到,一个人不管多么优秀,也有所短,也有所不能,所以他总是善于借别人之长补自己之短,借别人所能补自己所不能。只要别人在某些方面比自己优秀，他就大胆起用，使其成为自己能力的延伸，成为自己事业之树的枝条。最后，他终于成长为国家的栋梁。

他就是美国历史上第二位总统约翰·亚当斯。

🐝**大道理：**

"勿以善小而不为，勿以恶小而为之。"小事微不足道，但小事不可忽视，只要善于从小事中总结经验，汲取教训，小事也可以成就伟大的人生。

豆子的几种卖法

在一个著名商业网站的论坛上，有人突发奇想发了个帖子："假如你有上一百斤黄豆要卖，可现在市场上黄豆正滞销，请问你有什么办法把豆子卖出去？"

一时间，跟帖的网友纷纷支招，提出的办法不下二十种，其想象力令人叹为观止：

第一种方法：如果市场上豆子滞销，那么就把豆子做成豆瓣，卖豆瓣；如果豆瓣卖不动，就把豆瓣腌了，卖豆豉；如果豆豉还卖不动，那就加水发酵，改卖酱油。

第二种方法：将豆子制作成豆腐，卖豆腐；如果豆腐不小心做硬了，就改卖豆腐干；如果豆腐不小心做稀了，就改卖豆腐花；如果实在太稀了，那就改卖豆浆；如果豆腐卖不动，就放几天，改卖臭豆腐；如果还卖不动，就让它彻底长毛发霉后，改卖腐乳。

第三种方法：让豆子发芽，改卖豆芽；如果豆芽滞销，就让它长大点，改卖豆苗；如果豆苗还卖不动，就再让它长大点，当盆栽卖，命名为"豆蔻年华"，到城市的各大中小学校门口摆摊，并到白领公寓区开产品发布会，记得卖的是文化而非食品；如果还卖不动，建议拿到适当的闹市区进行一次行为艺术创作，主题就是"豆蔻年华的枯萎"，记得以旁观者身份给各个报社打电话报料，如成功，可迅速成为行为艺术家，并以此完成另一种意义上的资本回收，同时还可拿到报社的报料费；如果行为艺术没人看，报料费也拿不到，那就赶紧找块地，把豆苗移栽入土，灌溉施肥，锄草培育，几个月后收成，再去市场卖豆子……

看来，这世上只有卖不出豆子的头脑，而没有卖不出去的豆子。

🐞 **大道理：**

对于头脑灵活、思路开阔的人来说，任何问题都有多种解决的办法和途径。努力找到相对比较理想的方法，尽量做到最好，才是真正的关键之所在。

父亲留下的一根绳子

山里住着一家猎户，父亲是个老猎手，在山里闯荡了几十年，猎获野物无数，走山路如履平地，从未出过事。然而，有一天，因下雨路滑，他不小心跌落山崖。

两个儿子把父亲抬回了破旧的家，他已经快不行了，弥留之际，他指着墙上挂着的两根绳子，断断续续地对两个儿子说："给你们两个，一人一根。"还没说出用意就咽了气。

掩埋了父亲，兄弟两人继续打猎生活。然而，猎物越来越少，有时出去一天连个野兔都打不回来，两人的日子艰难地维持着。一天，弟弟与哥哥商量："咱们干点别的吧！"哥哥不同意："咱家祖祖辈辈都是打猎的，还是本本分分地干老本行吧！"

弟弟没听哥哥的话，拿上父亲给他的那根绳子走了。他先是砍柴，用绳子捆起来背到山外换几个钱。后来他发现，山里一种漫山遍野的野花很受山外人喜欢，而且价钱很高。从此，他不再砍柴，而是每天背一捆野花到山外卖。几年下来，他盖起了自己的新房子。

哥哥依旧住在那间破旧的老屋里，还是干着打猎的营生。由于常常打不到猎物，生活越来越拮据，他整天愁眉苦脸，唉声叹气。一天，弟弟来看哥哥，发现他已经用父亲留给他的那根绳子吊死在房梁上。

给你一根绳子，你当如何？

🐾 **大道理：**

当外界条件具备的时候，本本分分地干老本行固然无可非议；当外界条件发生变化的时候，拥有善于变通的头脑，善于审时度势地适应变化也非常有必要。

不能只盯着一块骨头

天吃午饭，一位作家端着碗坐在树荫下，发现地上一块骨头上爬满了蚂蚁。这些蚂蚁忙得热火朝天、不亦乐乎，而骨头却纹丝不动，况且，骨头上也没肉，拖回去干什么？他觉得好笑，也为蚂蚁们的勤奋而感动，于是捡了块肥肉，为便于拖运，还嚼碎了吐在地上，给它们。

但是，这些蚂蚁全神贯注于骨头，根本不知道附近有美味的肥肉。它们上下左右地爬啊、咬啊、拽啊，黑压压一片，眼看着劳动力过剩，就是没有谁往肥肉这边跑一步。

作家闲着没事，想看看这些碎肉最终归谁。因为附近的树根、墙角有好几处蚂蚁窝,总会有"人"发现的。

这时,骨头边出现一只神态慌张的蚂蚁,好像是刚刚赶来的。兄弟们忙于拽骨头,没有谁注意它。它围着骨头跑来跑去,想帮一把,但挤不上去。它似乎很生气,甚至向骨头发起冲锋,但仍然被兄弟们挤了下来。

这只蚂蚁终于丧气了,在外围转了几圈,像是在思考什么。接着,它离开兄弟们,向别处走去。一路走走停停,显然是想开辟新的战场。走到墙角处,它一转身,向肥肉这边爬来。

作家很兴奋地盯着它,期待它撞上好运!果然,它的触角准确地碰上了肥肉!只见它一愣,然后迅速咬住一颗肉粒,拼命拖!当大部队还在攻打那块没有指望的骨头时,这只单枪匹马的小蚂蚁在别处获得了好运。

🐛大道理:

人们总是喜欢随大溜,跟着别人跑。有时,大众趋之若鹜的事情未必有多大价值,适当的时候,我们不妨离开人群,试着独辟蹊径,去寻找没人抢夺的"肥肉"。

让海鸟吐出珍珠

从前,有一个海岛,岛上有很多沉积多年的大颗珍珠,可谁也无法接近这个海岛,只有栖息在海岸附近的海鸟能飞过去。

很多人慕名前来,带着枪支,捕杀飞回岸边的海鸟。因为这种海鸟每到白天都会飞到岛上去吃珍珠。

时间长了,海鸟渐渐地灭绝,即使剩下的几只也过得胆战心惊。只要一闻到人的气息,看到人的踪影,就会早早逃走。

后来,来了一个商人。他在海岸附近买下大片树林,并在树林周围安上栅栏,不让闲杂人走进。同时,他严厉告诫他的仆人,不许在树林里捕捉或驱赶海鸟,更不许放枪。

于是,当海岸其他地方的枪声一响,就会有海鸟在惊慌逃窜中不经意闯进他的树林。时间一长,海鸟渐渐地都留在他的树林里栖息。它们也因此不必再为安全而战战兢兢。

等海鸟在他的树林里逐渐安定下来以后,他开始用各种粮食、果实等做成味道鲜美的百味食物,撒给这些海鸟吃。海鸟贪吃,吃得很饱,就把肚中的珍珠全部吐了出来。商人再让仆人去捡。日复一日,这个商人成了百万富翁。

🏵 大道理:

细小的差别往往会引起不可思议的巨大不同。在对待一些问题上,人与人的思维只存在一种看不见的细微区别。但是,不同的思维产生的结果,却有着惊人的差别。

在人造地球卫星上做广告

20世纪 50 年代,美国一家企业研制出了一种新产品,但苦于找不到提高产品知名度的好办法。

正当这家企业一筹莫展之时,美国研制的人造地球卫星大功告成。企业的老板认为这简直是天赐良机,便郑重其事地写信给美国五角大楼,申请在这颗即将升空的人造卫星上做广告。

五角大楼收到此信后,军方人士不禁哑然失笑。人造卫星飞入九霄云外以后,踪影全无,在它上面做广告,有谁能看得到呢?这难道不是故意拿钱往水里扔吗?

后来,这件事就被作为一桩笑料传开了。有位记者闻听此事后,便在报纸上写了文章,披露了此事。结果,这件趣事几乎和世人瞩目的人造地球卫星一样,成为全美乃至全世界许多人共知的一条新闻。

这家企业没有被允许在人造卫星上做广告,但却获得了比广告还要好的轰动效应。这家企业虽然没花一分钱,但知名度却得到迅速提升,新产品也迅速打开了销路。喜欢打破砂锅问到底的那位记者找到了企业老板,进一步了解申请在人造卫星上做广告的真正目的。

老板笑着说:"当时企业由于财力不足,根本拿不出广告费。我申请在人造地球卫星上做广告的真正目的,只是为了能做成免费的广告。"

大道理:

对于经营者来说,最重要的不是雄厚的资本,而是敏锐的目光和灵活的头脑。对于每一个不甘平庸、追求成就的人来说,又何尝不是如此呢?

不能盲目地汲取他人的经验

长江中有三种鱼肉质最为细嫩、味道最为鲜美:鲥鱼、刀鱼和河豚。虽然这三种鱼体形和习性各不相同,可长江边的渔民却常能用同一张网捕获它们。渔民捕鱼的网类似排球网,上面绑着浮标,捕鱼时把网撒在江中。

鲥鱼的美丽,全靠鱼鳞传递。因此,鲥鱼爱惜自己的鳞片胜过生命。可就是因为这一点,鲥鱼常常被捉。鲥鱼的体形跟鲤鱼差不多,两头窄,中间宽。当它的头误入渔人的网眼时,其实只需要稍稍后退就可以逃掉。但它太爱惜自己的美丽鳞片,怕后退会刮掉自己的鳞片,所以,仍不顾一切往前冲。可它的体形越往后越宽,越冲越紧,结果鲥鱼就会被网牢牢地套住。

刀鱼体形如匕首,脊上有坚硬密集的鱼鳍,游动时自动撑起。当它发现鲫鱼上当被网住时,便汲取鲫鱼的教训,迅速后退。岂知适得其反,它一后退,撑起的鱼鳍便会被网眼死死卡住,刀鱼见自己被卡住,便更加用力地向后退,结果越后退,卡得越紧。其实凭刀鱼匕首般的身材,只需要稍一用力往前游,就可以穿过网眼活命。

河豚身上没有鳞片,也没有硬鳍,只是表皮上有密密的钉刺。它看到鲫鱼进是死,刀鱼退亦是死,于是当网眼卡住它时,它便拼命地给自己鼓励,给自己打气,三下五除二就把肚皮撑得滚圆,试图胀断网眼逃生。可结果不但把自己胀得越来越紧,还由于浮力增大和渔网一起浮出水面,被人们轻而易举地捕获。

🐾 **大道理:**

借鉴别人的经验、汲取别人的教训固然重要,在遇到障碍的时候,最关键的是,要结合自己切身的情况,采取积极灵活的应变措施。

智慧在实践中产生

群老鼠携战利品凯旋,可当它们兴高采烈地回到洞口时,却发现洞口放了个黑乎乎的东西。领头的老鼠凭着多年的斗争经验,知道那不是什么好东西,便让众鼠小心。可一只小老鼠很是不以为然,向黑东西冲了过去,"啪",小老鼠被夹死了。其他老鼠吓了一跳,群鼠小心翼翼地试探了半天,终于发现那个黑东西再没反应了,于是顺利回洞。

第二天,它们又是满载而归,发现早上已经消失的黑东西又出现在洞口。大家你看看我,我看看你,不知道该怎么办才好。这时领头的老鼠命令一只孱弱的病鼠在前面走,"啪",病鼠被夹死了,大家又得以顺利通过。

第三天,同样的事情又发生了。领头的老鼠向一只成年鼠发出命令,这只成年鼠当然知道等待它的是什么,可是它怎么也不愿意去送死。然而群鼠都在拱它,它认为自己逃不过此劫了,想想,吃点东西再走吧,好歹做个饱死鼠。可它一不小心,把一个苹果啃跑了,苹果滚到了黑东西上——"啪",苹果被打得稀烂,老鼠却找到了对付黑东西的方法。

从此以后,黑东西夹住的就不再是老鼠了。于是,"智慧"就在老鼠中产生了。

✿大道理：

在遇到问题的时候,要保持冷静,多动脑筋,尽量寻找代价最小、最有效的办法。千万不能不计得失,贸然采取行动。

淘金者中的卖水少年

一位17岁的美国少年,因不堪家庭的贫穷,被当时的淘金热所吸引,跟随淘金队伍来到了美国西部。

这里的气候十分干燥,加之淘金又是耗费体力的活儿,因而人们一边干活儿一边抱怨:"整天玩命地赚钱,想喝点水竟然这么难!""这个时候谁给我一杯冰水,我给他3个金币!"当时,这位美国少年因为体力差,在这种弱肉强食的氛围里根本分不到一杯羹。他已经有了打退堂鼓的心理。可是,当他听到这帮淘金者的牢骚后,在他们的"渴求"声中,心不由得一动。

于是,他毫不犹豫地撤离了淘金队伍,手拿铁锹开始寻找水源。当他在远远的地方看到一丛郁郁葱葱的树林时,便断定那儿有水源。于是,他在一个低洼处开始了他人生"第一桶金"的挖掘。不大一会儿工夫,他就挖出了湿湿的沙子,这更加坚定了他找到水源的决心。很快,他挖出了汩汩的水流。欣喜若狂的他把水通过干净的细砂滤过，变成"纯净水"，用容器装好后，放在深深的地窖里。几天后，地窖里的水就成了冰凉的饮用水了。

当他把"冰水"拉到淘金工地时，立刻赢得人们的欢迎。那些口干舌燥的淘金者蜂拥而上，大把大把的钱流入他的口袋。可是，有些淘金者却嘲讽他："我们出生入死到这来是为了挖金子，你倒好，到这来卖水了。没出息的家伙！"但他没有改变自己的信念，依然是挖水卖钱，积小利而成大钱。

几年后，一批又一批的淘金者大多数都失望而去，而这个美国小伙子却因卖水积累了一笔可观的资金，从而为自己将来的创业打下了良好的基础。这位美国少年的名字叫亚默尔，后来成为美国巨富。

大道理：

在生活中，不能总是随波逐流，只有敢于独辟蹊径的人，才可能成就别人想象不到的大事业。

一个卖鱼缸的商人

商人到小镇去推销鱼缸，尽管鱼缸工艺精细、造型精巧，但问津者寥寥。

于是，商人在花鸟市场找了一个卖金鱼的老头，以很低的价格向他订了500尾小金鱼。老头很高兴——他在小镇卖金鱼多年，生意一直惨淡。商人让担着金鱼的老头和他一起来到穿镇而过的水渠上游，"把这500尾金鱼全都投进去，你只管放，买鱼的钱我一分不少给你。"

刚过半天，一条消息就传遍了小镇：水渠里，不可思议地有了一尾尾漂亮、活泼的小金鱼！镇上的人们争先恐后地涌到渠边，许多人跳到渠里,小心翼翼地寻找和捕捉小金鱼。

捕到小金鱼的人,立刻兴高采烈地去买鱼缸,那些还没捕到的人,也纷纷涌上街头抢购鱼缸。大家都兴奋地想:既然渠里有了金鱼,虽然自己今天没捕到,但总有一天会捕到的,那么买鱼缸早晚能派上用场。

卖鱼缸的商人把售价抬了又抬,但他的几千个鱼缸很快就被人们抢购一空。欣喜若狂的商人想,如果不是自己灵机一动在水渠里投放进区区 500 尾小金鱼,自己那几千个玻璃鱼缸不知要卖到何年何月呢?

🌸 **大道理:**

为了达到自己的目的,要肯于动脑,善于转换思路,直线走不通的时候,就试试曲线。古人说:"将欲取之,必先予之。"为了得到,而先付出,这是一种策略,一种远见,一种睿智。

多等 1 小时

20世纪 70 年代末,一个年轻的日本人开了间 20 平方米的小杂货店。由于资金缺乏,他的店里货色不多,顾客稀少,生意一直处于不死不活的状态。按照当时普遍的经营方式,杂货店一般到夜里 11 点就都关门了,这个年轻人也不例外。一天夜里,年轻人打烊后忙着清理货架时进来几个人。他正要请他们出去,却发现是来买东西的。于是就没有开口,等在那里。这些人走后,年轻人索性在店里多待了一会儿,结果先后又来了几名顾客。后来,这个年轻人就改变了作息时间,每天营业到午夜 12 点,比一般杂货店延长 1 小时。渐渐地,他的小杂货店成了附近单身人群夜间购物的首选地点,因为这些人大多年轻、精力旺盛,夜生活时间较长。夜深人静之时,这个小杂货店主嗅到了广阔的商机。一年后,小杂货店渐渐扩大,营业总额达到 2 亿日元!这个叫安田隆夫的年轻店主趁势发展,生意越做越大。时至今日,他的公司在日本已有了 50 多家分店!

事情就这么简单地发端于 30 多年前一个深夜的"等待"1 小时。

对于大多数人来说,1 小时也许看不完一部电影,也许吃不完一顿酒席,也许打不完一场球赛,但对于安田隆夫来说,却是他创建自己"连锁帝国"的黄金时间。

🕷 大道理:

只要我们肯于动脑,善于发现,稍加改变,就可能得到完全不同的结果,改写庸庸碌碌的人生。

一道有趣的测试题

有这样一道题:A 和 B 可以相互转化,B 在沸水中生成 C,C 在空气中氧化成 D,D 有臭鸡蛋的气味。请问 A、B、C、D 分别是什么?

你知道答案吗?

如果不知道,也不要灰心,这道题曾经难倒过许多的硕士、博士、学者、教授,甚至是爱因斯坦这样的大科学家。

如果你知道答案,那么恭喜你。不过不要太得意,据说第一个说出正确答案的是在大街上修鞋的王二。

对于这道题,很多高学历人士,都是从"D 有臭鸡蛋的气味"这个已知条件开始推断的。这很简单,在上中学的时候我们就已学过,臭鸡蛋气味意味着硫化氢,是一种有毒有害的气体,浓度高时可以致人死亡。那么什么东西可能被氧化成硫化氢呢?这个问题恐怕就要难倒一批硕士、博士了,可能有几个备选答案,但不见得是"在空气中氧化"而成的。至于 A 和 B 可能是什么,别说教授,恐怕连上帝都回答不出来了。其实,答案很简单,那个王二说 A、B、C、D 分别是鸡、鸡蛋、熟鸡蛋和臭鸡蛋。

王二没上过学,他不知道什么叫硫化氢以及硫化氢是什么气味,他只知道臭鸡蛋有臭鸡蛋味。是的,这个答案很简单,简单得都让人想不到。

🦋大道理:

为什么越简单越不容易想到呢?是因为往往我们知道得越多,就绕离事物的本源越远;我们的知识越丰富,就越容易把简单的事情想复杂;我们的眼光越高远,就越容易被眼前的石头绊倒。

石头的价值是怎样提升的

有个村庄靠着石山,俗话说"靠山吃山,靠水吃水",村里的人世代依偎在山的怀抱里。靠着山,人们常去打些猎物、砍些干柴来卖以维持生计,这是世代相传的谋生之道。

有一个人 A 在别人眼里是个天天不爱做事、整天不知道在想什么的人,一天他跑到山里,把山中的石头开采出来,切成条块拿到市场上卖,以供人们建造房屋所用,结果得到了不菲的收入,自己也名声大振。人们发现原来石头也能卖钱,人们都到山里去采石、卖石,从此人们的生活有了改善。

采石的人越来越多,A 的生意也逐渐不好做了,一天他把生意全盘转让给了别人,又独自进山了。他发现山里的石头经过打磨后,能做出精美的玉器饰品,于是就召集了一些工匠开始做出各种各样的玉器饰品来卖,他的生意又好了起来。尽管他的玉器很小,但却比以前卖石条赚钱,A的名声传遍了周边地区。

人们发现石头也可以这样卖,于是不少人就循着他的路径,也做起玉器生意。A的店铺边又都开始卖玉了。生意又不好做了,这个人琢磨着,他又一次走进了山里,这次他带回了一些颜色形状都很难看的石头,人们以为他也许是有病了,那些石头一不能盖房子,二不能磨玉,没人再去理会他。在A将那些石头和一些煤炭等原料一起融化并冶炼出了铁,铁本身不值多少钱,但比以前卖石头、卖玉器要好多了,而且他将铁锻造成各种农具、刀具,价值就比一块铁还要高出十倍。当各种各样的工具做出来时,人们感觉太不可思议了,谁都没想到石头也能变成各种工具。

A的儿子B逐渐地长大了,他开始帮助他父亲。有其父必有其子,他学会了冶炼,也学会了锻造。A依旧做着铁匠的事情,打一些农具、刀具等,但儿子并没有一直跟随父亲做,而是背起行囊又走进了山里。三年后他也带回了一些石头,这些石头和铁矿石颜色不同,很独特,经过B的努力后,他从那些石头中炼出了黄金。人们又感到十分惊讶,简直不相信自己的眼睛,石头里竟然流出了金子,并且用金子还能制成精美的饰品。

不久以后,B又一次走进了山里,经过五年后,B风尘仆仆地回到了乡村,这次他只是带了一个小包裹回来,人们都认为这次山里没有什么宝了,山里不就是有一些石头吗,还有比金子更值钱的吗?人们心里都在嘲笑他,笑他这次一无所获。

回家后他把包裹打开给父亲看,层层包裹的里面是一些红的绿的石头,在阳光下闪着烁烁光芒,美丽至极,父亲从未见过这种石头。B告诉父亲这是红宝石和绿宝石,极其稀少,价值连城。B成功了,他找到了宝藏,但他并没有直接拿宝石去卖,而是将宝石精细地打磨,做成大小不同的颗粒,还给每颗宝石起了美妙的名字。B还将黄金做成精美的饰品,然后配上宝石，做出了更贵重的首饰。

石山在人们身边静静地躺着，里面富含宝藏，人们却没有发现。任何东西往往加上人们的创新后就逐渐升值，正如从石条到玉石，从玉石到铁矿石，从铁矿石到金矿石，从金矿石到红宝石、绿宝石一样，宝藏就在山里，就怕你不努力去发现。

🐝**大道理：**

很多事物的价值都取决于你对它们的认识和发掘程度。只要你善于思考，不断地创新，就能发挥它们的价值，打开宝藏的大门。

3个结伴出游的年轻人

3个年轻人一同结伴外出，寻找发财的机会。在一个偏僻的小镇，他们发现了一种又红又大、味道香甜的苹果。由于地处山区，信息、交通等都不发达，这种优质苹果仅在当地销售，非常便宜。

第一个年轻人立刻倾其所有，购买了10吨最好的苹果，运回家乡，以比原价高两倍的价格出售。这样往返数次，他成了家乡当年的第一个万元户。

第二个年轻人用了一半的钱，购买了100棵最好的苹果树苗运回家乡，承包了一片山地，栽种果树苗。整整3年时间，他精心看护果树，浇水灌溉，没有一分钱的收入。

第三个年轻人找到果园的主人，用手指着果树下面，说："我想买些泥土。"

主人一愣,接着摇摇头说:"不,泥土不能卖。卖了还怎么长果树?"

他弯腰在地上捧起满满一把泥土,恳求说:"我只要这一把,请你卖给我吧,要多少钱都行!"主人看着他,笑了:"好吧,你给一块钱拿走吧。"

他带着这把泥土返回家乡,把泥土送到农业科技研究所,化验分析出泥土的各种成分、湿度等。接着,他承包了一片荒山,用整整3年的时间,开垦、培育出与那把泥土一样的土壤。然后,他在上面栽种了苹果树苗。

10年以后,这3个结伴外出寻求发财机会的年轻人命运迥然不同。

第一位购买苹果的年轻人现在每年依然还要购买苹果运回来销售,但是因为当地信息和交通已经很发达,竞争者太多,所以赚的钱越来越少,有时甚至不赚钱反而赔钱。

第二位购买树苗的年轻人早已拥有自己的果园,因为土壤的不同,长出来的苹果有些逊色,但是仍然可以获得相当的利润。

第三位购买泥土的年轻人,他种植的苹果果大味美,和山区的苹果相比不相上下,每年秋天引来无数购买者,总能卖到最好的价格。

🐾 大道理:

为了在竞争中取得胜利,一定要注意从长远考虑问题,抓住主要环节,从根本上解决问题。千万不能得过且过,只顾眼前。

把货舱里灌满水

艘货轮卸货后返航,在浩渺的大海上,突然遭遇巨大风暴,老船长果断下令:"打开所有货舱,立刻往里面灌水。"

水手们担忧:"往船里灌水是险上加险,这不是自找死路吗?"

船长镇定地说:"大家见过根深干粗的树被暴风刮倒过吗?被刮倒

的是没有根基的小树。"

水手们半信半疑地照做了。虽然暴风巨浪依旧那么猛烈,但随着货舱里的水位越来越高,货轮渐渐地平稳了。

船长告诉那些松了一口气的水手:"一只空木桶,是很容易被风打翻的,如果装满水负重了,风是吹不倒的。船在负重的时候,是最安全的;空船时,才是最危险的时候。"

🌑**大道理:**

逆向思维是一种比较特殊的思维方式,它的思维取向总是与常人的思维取向相反,人弃我取,人进我退,人动我静,人刚我柔等等。

1 厘米的成功秘诀

1451 年,他出生于意大利热那亚的一个工人家庭。虽然父亲是一个著名的纺织匠,但是他从没有对纺织产生过任何兴趣。每天,他都站在海边望着远方,他想知道,如果自己从这边游过去,对面会不会有更繁华的城市。

他经常会问:"爸爸,我什么时候能到对面去看看?"父亲说:"等你长大了,有钱了,买了自己的船,就可以去了。"他接着沮丧地说:"那我什么时候会有钱呢?"父亲蹲下来,严肃地说:"孩子,只要你把目光放远点,财富迟早会被你左右。"

一次偶然的机会,他从父亲的朋友那里借来了一本《马可·波罗游记》,他如获至宝,待在房间里,如饥似渴地读着,一周都没有走出房间。等读完了,他热血沸腾地对父亲说:"我想去黄金满地的中国。"那一年,他才 8 岁,他说他的梦想是当一名出色的航海家。

为了实现拥有一条船的梦想,1476 年,他参加了一支法国的海盗船队,后来流浪到葡萄牙,当了一名水手,开始了他的航海梦想。但是,他并不满足于近海航行,而是把目光瞄向更远处。通过申请,他获得了一次去冰岛的机会。在到达冰岛之后,他并没有停止,而是继续向前航行了160千米。这次航行的成功更加坚定了他西航的志向,那一年他26岁,他坚定地对父亲说:"我的目标是横跨大西洋,去彼岸的亚洲。"

当葡萄牙不能满足他的雄心壮志时,他毅然去了西班牙。凭着三寸不烂之舌,他硬是说服了所有反对他的人。尽管这个过程相当漫长,漫长得花费了他整整8年时间,但他并没有因此而意志消沉。他执着地相信,只要把目光放远一点,海那边就有无穷的财富在等着他。

1492年8月,带着招募到的88名水手,他领着3艘船出发了。由于这次航行寄托着大家的梦想,所有人都信心满满。但是船在大海上整整航行了三周,都没看见陆地的影子。很多人都动摇了,抱怨这是一次愚蠢的行动,甚至叫嚣着:"海那边根本没有大陆,他是想把我们带进地狱。"但他毫不退缩,只是执着地坚持一直西行。

在继续坚持了11天后,他们终于看到了陆地,所有的人都尖叫起来。此时的他已不仅仅是一个探险家,而是一个新大陆的发现者,是的,他就是蜚声世界的哥伦布。

在哥伦布发现新大陆回到西班牙后,他受到了史无前例的盛情招待。很多人嫉妒他,也有很多人不屑一顾,说他不过是带了几艘船,发现了块儿陆地,这事人人都可以做到,没什么了不起。这话传到哥伦布耳朵里,他只是微微一笑。

哥伦布带了个自制的地球仪进宫,正好有人对他发泄不满,他把地球仪拿出来说:"你看见了什么?"对方傲慢地说:"欧洲大陆。"哥伦布指着左边说:"这是什么呢?""是大海。""你再想想。"对方毫不犹豫地说:"一望无际的大海。"哥伦布稍微转动了一下地球仪,说:"不,是大陆。其实地圆之说已经是众所周知的了,可你们不愿去想,也不愿去做。我只是把你们的思绪往前延伸了 1 厘米，我坚持了，我做了，所以我成功了。"

大道理：

1 厘米的成功秘诀，是哥伦布在发现新大陆之外，留给世界的另一份宝贵遗产！

医生的妙方

非洲有个胖女人，胖得连路都走不动了。她去找医生，想要一些减肥药。

医生让她坐下来，详细地问了她的病情。女人说，她越来越胖，担心总有一天身体要爆炸。"大夫，我求你给我一种好药。"胖女人央求他。

"你先付了钱，明天再来找我！"医生对她说。

女人付了许多钱就回去了。

第二天，胖女人又来找这个医生。医生把她从头到脚检查了一遍，看了看她的嘴，摸了摸她的手和脚，对她说："尊敬的太太，我读过 21783 本书，研究过 1800 万颗星星，我可以准确地告诉你，再过 7 天你就要死了，哪还需要什么药呢？你就回家去等死吧！"

胖女人听了医生的这番话，吓得浑身发抖。不论是在回家的路上，还是在回到家里以后，一直想着自己就要死了。她不停地数着，看她在人间还能活多少小时。她什么也不肯吃、不肯喝，到了晚上也不肯睡觉。她一天天、一小时一小时地瘦了下去。七天过去了，女人躺在床上，唉声叹气地等着自己的死期。可是，死亡根本没有降临。到了第八天、第九天，她还是没有死。

女人忍不住了，就去找医生。这时候，她已经瘦了许多，走起路来步子已经很轻松了。

"你这个医生真坏!"她愤怒地说,"你凭什么拿我那么多钱? 你向我保证过,说我七天以后一定会死,可是今天已经是第九天了。我已经看透了,你是个骗子!"

医生冷静地听她说完,就问她:"告诉我,你现在是胖了还是瘦了?"

女人回答说:"我可是瘦多了! 一听说要死了,我吓得一天比一天瘦!"

于是,聪明的医生就对她说:"我这么一吓唬你,比最好的药还灵,可是你还说我是个坏医生!"

已经变得苗条了的女人哈哈大笑,从此她和这个医生成了好朋友。

🌸 **大道理:**

很多时候,某些表面上看似毫不相关的问题,其内部却存在着一定的因果关系。无论做什么事,不妨多想想问题以外的问题。

火车拐弯处

有位年轻人乘火车去某地。火车行驶在一片荒无人烟的山野之中,人们一个个百无聊赖地望着窗外。

前面有一个拐弯处,火车减速,一座简陋的平房缓缓地进入他的视野。也就在这时,几乎所有乘客都睁大眼睛"欣赏"起寂寞旅途中这道特别的风景,有的乘客开始窃窃议论起这房子来。

年轻人的心为之一动。返回时,他中途下了车,不辞辛苦地找到了那座房子。主人告诉他,每天火车都要从门前驶过,噪音实在使他们受不了啦,很想以低价卖掉房屋,但很多年来一直无人问津。

不久后,年轻人用3万元买下了那座平房,他觉得这座房子正好处在拐弯处,火车经过这里时都会减速,疲惫的乘客一看到这座房子都会精神一振,用来做广告是再好不过的了。

很快,他开始和一些大公司联系,推荐房屋正面这道极好的"广告墙"。后来,某大公司看中了这个广告媒体,在3年租期内,支付给年轻人18万元租金……

🌸大道理:

一次火车上偶然的发现,成就了一个必然的成功。偶然与必然之间,潜藏的是一颗捕捉细节的心。机遇往往不是显而易见、摆在表面的,而是隐藏于许多细节中,等待着人们去挖掘、去发现。

沙子与珍珠

有一个自以为很优秀的年轻人,毕业以后屡次碰壁,一直找不到理想的工作。他伤心绝望,感到没有"伯乐"来赏识自己这匹"千里马"。

痛苦愤懑之下,他来到大海边,打算就此结束自己的生命。在他正要自杀时,一位老人从附近走过看见了他,并且救了他。老人问年轻人为什么要走绝路,年轻人向老人倾诉了自己的抱怨与苦恼……

老人从沙滩上捡起一粒沙子,让年轻人看了看,然后甩手扔在了地上,对年轻人说:"现在,请你把我刚才扔在地上的那粒沙子捡起来。"

"这根本不可能!"年轻人说。

老人没有说话,从口袋里掏出一颗晶莹剔透的珍珠,也甩手扔在了地上,然后对年轻人说:"你能不能把这颗珍珠捡起来呢?"

"当然可以!"

"那你就应该明白为什么了吧?你应该知道,现在的你还不是一颗珍珠,所以你不能苛求别人立即承认你。如果要别人承认,那你就要想办法使自己成为一颗珍珠才行。"年轻人蹙眉低头,一时无语。

要想让自己得到重用，取得成功，就必须把自己从一粒沙子变成一颗价值连城的珍珠。人生不能一味只是对自己的愿望焦急慨叹，要想达到目的，必须努力耕耘，日积月累，才能最终有所收获。

智慧是等不来的

一个年轻的国王刚刚登上王位，为了治理好他的王国，他下决心要学习天下所有的智慧。因此，他征召了国内外的智者，命令他们把所有的智慧书搜寻来，供他阅读和学习。

5年很快过去了，智者们不辞辛苦地赶回来，身后的骆驼队驮着5000本智慧宝典。国王一看头都大了，这么多的书该如何去看呢？他命令智者们精简浓缩之后再拿来给他。

5年过去了，智者们再次求见，身后的骆驼队驮回来500本书，国王仍然嫌太多。

又是5年时间，智者们带回来50本巨著，这时国王已被各种问题搞得更加心烦气躁，所以他还是觉得多。

又过了几年时间，当智者们辛辛苦苦把50本巨著浓缩成1本书献到国王面前的时候，他早已没有兴趣看这本书了，也没时间去实践这些智慧了。国内问题丛生，国外敌人不断入侵，自己也百病缠身，任何智慧都不可能解决他所面临的问题了。

🐾 大道理：

选择了等待智慧的方式，其实就是懒惰的另一种表现。不行动如何来收获？一味地等下去，只能是一无所有，一片空白。

卖梦人与买梦人

有两个小孩儿到海边去玩,玩累了,两个人就躺在沙滩上睡着了。其中一个小孩儿做了个梦,梦见对面岛上住了个大富翁,在富翁的花园里有一整片的茶花,在一株白茶花的根下,埋着一坛黄金。

这个小孩儿就把梦告诉了另一个小孩儿,说完后,不禁叹息着:"真可惜,这只是个梦!"

另一个小孩儿听了相当动容,从此在心中埋下了逐梦的种子,他对那个做梦的小孩儿说:"你可以把这个梦卖给我吗?"

这个小孩儿买了梦以后,就往那岛进发,千辛万苦才到达岛上,果然发现岛上住着一位富翁,于是他就自告奋勇地做了富翁的用人,他发现,花园里真的有许多茶树,茶花一年一年地开,他也一年一年地把种茶花的土一遍一遍地翻掘。

就这样,茶树愈长愈好,富翁也就对他愈来愈好。终于有一天,他由白茶花的根底挖下去,真的掘出了一坛黄金!

买梦的人回到了家乡,成了最富有的人;卖梦的人,虽然不停地在做梦,但他从未圆过梦,终究还是个穷光蛋。

大道理:

人因梦想而伟大,没有梦想的人生是最枯燥乏味的人生,而那些只会做梦却不去实践的人,就像那个卖梦的孩子一样,无论多么美丽的梦想都会与他失之交臂。

林肯搬石头

1862 年 9 月,美国总统林肯发表了《解放黑奴宣言》,这是美国历史上的一个伟大的创举。有一位记者去采访林肯,记者说:"据我所知,上两届总统都曾经想过废除黑奴制,《宣言》也早在他们那时就起草好了,可是都没有签署它。他们是不是想把这一伟业留给您去成就英名呢?"林肯回答说:"可能吧。不过,如果他们知道拿起笔需要的仅是一点勇气,我想他们一定非常懊丧。"林肯说完就匆匆地走了。记者一直没有弄明白这番话的含义。

直到 1914 年林肯去世 49 年以后,记者才在林肯留下的一封信里找到了答案。在这封信里,林肯讲述了自己幼年时的一件事:"我的父亲曾经以较低的价格买下了西雅图的一处农场,地上有很多石头。母亲建议把石头搬走,但是父亲说:'如果这些石头可以搬走的话,那原来的农场主早就搬走了,他也就不会把地卖给我们了。这些石头都是一座座小山头,与大山连着,哪里搬得完呢?'有一天,父亲进城买马去了,母亲带着我们在农场劳动。她说:'让我们把这些碍事的石头搬走,好吗?'于是我们就开始挖那一块块的石头。不长的时间,我们就把石头搬光了。因为它们并不像父亲想象的那样,是一座座小山头,而是一块块孤零零的石块。只要往下挖一英尺,就可以让它们晃动。"

🌸**大道理:**

鼓足勇气去实践,事情并没有想象的那么困难。成功就相当于开动人生的赛车,要抵达目的地,先得把车开动起来,并保持足够的动力。

满袋锦囊妙计的狐狸

在森林里，住着一只见识广阔、满腹经纶、在社会上颇有地位的狐狸。这只狐狸熟读理论，常以专家自居，喜欢滔滔不绝地发表长篇大论。

有一天它外出，遇上一只从森林外边来的小花猫。交谈时，小花猫仰慕这只狐狸的"才高八斗"，因此便虚心请教。

小花猫问道："尊敬的狐狸先生，近来生活困难，您是怎样度过的?"

狐狸说："你这只可怜的花猫，每天只会捉老鼠，你有什么资格问我如何生活！真不识抬举！你学过什么本领说来听听！"

小花猫很谦虚地说："我只学会一种本事。"

"什么本事?"

"如果有只狼狗向我扑来，我就会跳到树上去逃生。"

"这算什么本领，我可是精读百科全书，掌握上百种武术，我身边还有满袋的锦囊妙计呢！你太可怜了！让我教你逃脱狼狗追逐的绝招吧！"

说着狐狸想从袋子中寻找妙计。刚巧，这时一群猎人带了4只猎狗迎面而来。小花猫敏捷地一纵身跳上一棵树，躲藏在茂密的树叶中。小花猫大声地向惊慌得不知所措的狐狸说："狐狸先生，赶快解开你的锦囊，拿出脱身妙计吧！"

语毕，4只猎狗已扑向狐狸，将它抓住了。

小花猫叹息道："唉，狐狸先生，你会十八般武艺，却不会使一招半式，如果像我一样懂得爬上树来，你就不会落到这种凄凉的下场了！"

🐾大道理：

理论固然重要，但更重要的是要去实行。否则，那些高深的理论只是文字的堆砌，一文不值。

又懒又怕死的蜗牛

蜗牛和黄牛本是一母所生的弟兄。蜗牛是大哥哥,黄牛是小弟弟,可是他们的性子大不一样:蜗牛成天在家里睡大觉,啥都不愿做,简直懒得要死;黄牛从小爱干活,勤快得爱死人。

爸爸的岁数大了,又有病,做不了重活,犁不了地。眼看别家都在下种,自家的地还没犁。爸爸急得把犁头捎到地里不歇声地喊:"蜗牛,蜗牛! 快犁地来!"

蜗牛在家里不理不睬,也不出来。

黄牛听爸爸一喊,忙跑到地里对爸爸说:"爸爸,爸爸! 我帮你犁地来!"

"孩子! 你还小,不会犁!"

黄牛说:"爸爸! 你教我吧,我能学会的!"

爸爸叹口气说:"唉! 叫蜗牛犁地来,大的不来,小的来了!"

爸爸没法,只得把黄牛套在犁头上教他犁地。黄牛很用心,也很听教导,一学就会,以后就成了世界上最会犁地的动物。爸爸又教他学会了推磨、拉碾子。

后来,爸爸死了,黄牛成天不是犁地,就是推磨、拉碾子。蜗牛还是成天在家里睡大觉,啥都不做,还要黄牛养活他。

俗话说"懒人,身懒心不懒",这是真话。蜗牛成天睡觉,睡不着就胡思乱想。有一天蜗牛忽然想到,天没有钩子挂,也没有柱子撑,要是塌下来,还能活命吗? 越想越怕,越怕越想,它想:在床边再修座小石屋子,天塌时钻在里边,不是挺保险吗?

于是,蜗牛没日没夜地搬石运砖修石屋。人们看到后就问:"蜗牛,蜗牛,你忙个啥呢?"

蜗牛说:"修石屋哩!"

"修石屋做什么?"

"天塌下来好躲哩!"

人们听了都笑他说:"蜗牛蜗牛白受苦,天塌石屋也抵不住!"

但蜗牛不信大家的话,还是忙着修石屋。

石屋修成了,他还是成天背着板床睡大觉,啥都不做,连吃饭都要黄牛给他端来。

黄牛看哥哥这样又懒又怕死,心里很难过,便去劝蜗牛说:"哥哥,哥哥! 咱们一起去犁地吧!"蜗牛有气没力地说:"你不怕天塌砸死你,你去吧,我不去!"

黄牛又气又笑地说:"你不犁,我不犁,肚子饿了吃什么啊?"

"你爱犁地你去犁,我怕天塌我不去!"

黄牛看劝不醒哥哥,心里有些上火,便说:"我看天塌砸不死你,将来非饿死你不可!"

蜗牛一听弟弟敢咒他死,立刻生气地抓起一块石头,就向黄牛砸来,并骂道:"没管教的东西,敢骂起哥哥来了……"

骂是小事,这块石头打在黄牛嘴巴上,把黄牛满嘴牙全打落了。

这下可把黄牛惹恼啦,一犄角便向蜗牛顶来,不曾想顶在柱子上,"哗啦"一声把房子顶塌了,砖瓦屋梁一齐往下塌,吓得蜗牛当是天塌了,一头就朝石屋里钻,从此再也不敢走出石屋一步了。

黄牛再不愿跟这样的哥哥在一起生活,便另住了。

从此,蜗牛没人养活了。饿了,只好找点青苔、嫩草吃,就这样还是不敢走出石屋,便背着石屋到处爬。这样背背背,爬爬爬,压得身子缩成指甲盖儿大,但他还是不醒悟。

现在,有句歇后语:"蜗牛背房子——白受苦!"

大道理：

一个人可以懒,也可以有怕死之心。但是,如果一个人懒到什么都不做,怕死到背着房子走路的地步,那么老天就会惩罚他,像蜗牛一样只能每天背着房子走路了。

意外的收获

他是一位孤独而又窘迫的画家。他在堪萨斯城谋生的时候,曾到堪萨斯明星报社应征,想在那里找份合适的工作,开始自己的事业。然而,该报社的主编在审查过他的作品以后,却坚决地摇了摇头,认为他的作品缺乏新思想,他不能胜任报社工作。这使他非常失望和沮丧。后来,费尽周折,他总算找到了一份工作——给教堂作画。可是,工作的报酬低得可怜,没有能力租用画室,他只好借用父亲的车库临时办公。车库里充满了汽油味,而且经常有老鼠出没。

有一天,当他和往常一样在车库工作的时候,忽然看见一只老鼠在地板上跳跃。望着小老鼠乖巧的样子,他喜欢上了它,赶紧找了一些面包屑给它吃。渐渐地,他们混得熟悉了,老鼠的胆子也大了。有的时候,那只老鼠竟敢大胆地爬上他工作的画板,并有节奏地跳跃着。没多久,他又获得一个极好的工作机会:到好莱坞去摄制一部以动物为主角的卡通片。他很快投入到工作中去,并且信心百倍地干起来。不幸的是,他失败了,并且因此而穷得身无分文。

再度穷困潦倒以后,他失业在家。有一天,他又在父亲的车库里转悠,突然想起了那只曾经和他相处极好的老鼠。灵机一动,他找来画纸,把这只老鼠的可爱形象画出来。

出人意料的是,卡通世界有史以来最伟大的动物形象——"米老鼠",就这样奇迹般地诞生了。

这位年轻的画家,也因此而闻名全球。他就是美国当代最负盛名的人物、著名的国际卡通漫画艺术大师沃特·迪斯尼先生。

🐾大道理:

很多人的成功看起来都是意外获得的,但意外的成功并非人人都能够获得,它不属于那些不善思考、粗心大意的人,它只属于有心人——他们善于思考,善于抓住"意外"和"偶然"。

自作聪明的卖酒妇人

古时候,有一个繁华的小镇上住着一对夫妇,他们在小镇上开了一家小酒店,丈夫负责进料酿酒,妻子负责卖酒,每次都是丈夫把酒封好后,妻子直接卖给客人。由于他们的酒质香醇,回头客很多,日子过得很红火,生意也越做越旺。这个小店的名气也越来越大,一个大酒商看上了这个小酒店打算和他合作,于是邀请他前去商谈。

半个月后,当他回来时,大吃一惊,只见原先红红火火的店门口现在却不见几个人来喝酒。他急忙走进去,找到他的妻子,只见他妻子正在做饭,他不由着急地问:"这是怎么了,怎么这么少的人来我们这儿喝酒?"

他的妻子非但不着急,反而神秘地拉了拉他的衣袖,指着一坛酒说:"当家的,你别着急,你走的这半个月我多赚了不少钱呢!你看,我把你以前封好的酒倒出一半,再加入凉水,这样我们就多赚了一倍的钱呢!"

这个人听了,长叹一声,说道:"你这个蠢女人呀,你这样做能骗得了一时,还能骗得了一世吗?你看现在还有人来我们这儿喝酒吗?"

不管是不是做生意，恪守品德是非常重要的。依靠欺骗别人过日子的人，很难维持长久的兴旺发达。

只有经过磨炼，才能成为宝石

20世纪初，在非洲矿中发现了一颗有史以来从未有过的大钻石。有人把它进贡给英皇，作为他冠冕上的饰物。英皇把它送到阿姆斯特丹，交给一个著名的宝石匠，请他加工。

宝石匠拿起这无价之宝来，先刻了一道深痕。然后拿起铁锤来把它重敲一下。一块世上仅有的宝石顿时被一分为二。在场的很多人暗暗惊呼：啊！该死的宝石匠，闯了弥天大祸！

然而，事实并非如此。那一敲是经过好几个星期的深思熟虑的。绘图、打样，曾花了许多工夫。它的性质、硬度和里面的裂纹，都经过详细的研究。英皇所委托的人，是世上宝石匠中的佼佼者。

那一敲是敲错了吗？不。这是宝石匠技术最高的表演。那一敲使那块宝石成了世上最玲珑、最炫耀的两颗金刚钻。那一敲实在是对钻石价值的升华。

🐝**大道理：**

经过大胆和精心的锤炼，才能把一块璀璨耀目的宝石呈现在世人面前；经过长时间的积累和适时的奋力一搏，才能使人生的价值得以充分体现。

目标的重要性

曾有人做过一个实验:组织三组人,让他们分别向着十千米以外的三个村子步行。第一组的人不知道村庄的名字,也不知道路程有多远,只告诉他们跟着向导走就是。刚走了两三千米就有人叫苦,走了一半时有人几乎愤怒了,他们抱怨为什么要走这么远,何时才能走到?有人甚至坐在路边不愿走了,越往后走他们的情绪越低落。

第二组的人知道村庄的名字和路程,但路边没有里程碑,他们只能凭经验估计行程时间和距离。走到一半的时候大多数人就想知道他们已经走了多远,比较有经验的人说:"大概走了一半的路程。"于是大家又簇拥着向前走,当走到全程的四分之三时,大家情绪低落,觉得疲惫不堪,而路程似乎还很长,当有人说:"快到了!"大家又振作起来加快了步伐。

第三组的人不仅知道村子的名字、路程,而且公路上每一千米就有一块里程碑,人们边走边看里程碑,每缩短一千米大家便有一小阵的快乐。行程中他们用歌声和笑声来消除疲劳,情绪一直很高涨,所以很快就到达了目的地。

🏵大道理:

当人们的行动有明确的目标,并且把自己的行动与目标不断加以对照,清楚地知道自己的行进速度和与目标相距的距离时,行动的动机就会得到维持和加强,人就会自觉地克服一切困难,努力达到目标。

事情就是这样的简单

许多老外到中国来,热衷学习使用筷子,坚持拒绝使用刀叉,好像不用筷子就不能品味中餐的美味。可是,有一件事许多外国人始终搞不明白,那就是用筷子怎么喝汤?

甚至有老外自作聪明地说:"一定是有一种像吸管那样的筷子,平时夹菜吃饭,喝汤的时候就放在嘴里吸。"

中国朋友告诉他们,中国人喝汤的时候把筷子放在一边,或用勺子喝,或端起碗喝。外国人听了,似信非信:就这么简单?

看了老外的困惑,不禁想起一位作家在法国的经历。

有一次,这位作家在巴黎的一个餐厅点了半只烤鸡,侍者送上来半只从胸部劈开的烤鸡,带着一只翅膀一条腿。作家拿着刀叉下手,先把鸡大腿割了下来,然后小心翼翼地用叉子固定住鸡腿,用刀纵向切割,鸡腿在光滑的盘子上移来移去,就是切不下来一块肉。无奈之中,看看邻座的法国人,惊讶地发现,人家手持鸡大腿在嘴里啃呢!嘿!就是这么简单!

🦫 大道理:

做事的时候,不能只想着规矩,如果有更便捷、有效的方法,何必考虑那么多繁文缛节呢?生活有时需要变通。

沿着圆盘爬行的蚂蚁

一百多年前，法国昆虫学家法布尔曾经做过一个实验——他把许多蚂蚁放在一个圆盘的周围，并设法使它们首尾相连，绕圆盘组成一个圆形。这些蚂蚁就绕着圈儿转，说不清哪是头哪是尾。

它们似乎并没有发现周围环境一遍又一遍重复，井然有序地走了一圈又一圈，没有一只另类的蚂蚁私自走出这个圈子。

法布尔和他的助手面面相觑，他们不知道这群蚂蚁为何老是在兜圈子。于是，他在蚂蚁的旁边放了些食物，他想这些蚂蚁闻到了食物一定会蜂拥而上去抢夺。出乎他们意料的是：这些蚂蚁像中了邪似的，对食物视而不见。

法布尔和助手困惑地看着这群蚂蚁周而复始地循环着那个圈，直到七天七夜后，所有的蚂蚁都活活累死……

这群蚂蚁之所以有这样的结局，就是因为它们分泌的一种化学物质。蚂蚁平时就是仗着这种化学物质识路，寻找食物，与同伴联系，行走天下，而法布尔实验的这群蚂蚁，都沿着自己或者其他蚂蚁留下的"标记"行走，一圈又一圈，直到死亡。

🐝大道理：

在很多时候，导致我们失败的，不是别的原因，恰恰是因为我们所擅长的拿手好戏。按照惯常的方式，规规矩矩地走老路子，并不总是万无一失的。在必要的时候，要敢于有所改变，有所突破。

蚂蚁王国的法律规定

一个小男孩儿在生物课上得知:蚂蚁之间主要是通过气味来联系的。当一窝蚂蚁的某一只死了时,其他蚂蚁就会把它的尸体搬到公墓去。

于是他有了如下实验:

先找到蚂蚁公墓,在那里收集了一些被太阳晒干了的死蚂蚁,然后把它们揉搓成粉末,将这些粉末装入一个喷射器里,再喷射到正在蚁穴口踱来踱去的"卫兵"身上。

等不了几分钟,洞穴里的蚂蚁倾巢而出,扑向"卫兵",要把它拖到公墓去。"卫兵"当然不干,奋力反抗。但是洞穴里的蚂蚁源源不断地爬出来,越来越多的蚂蚁向"卫兵"扑过去、扑过去……这真是一场令人难以置信的混战,一场动乱就这样被掀起了。

为什么会发生这样的动乱呢?

原来,把死蚂蚁的粉末喷洒到"卫兵"身上,就会让它染上死蚂蚁的气味。而蚂蚁王国的法律规定,凡是身上带有这种气味的蚂蚁,说明它已死亡,必须把它送往公墓。

它不是在动吗?可那能说明什么问题?蚂蚁自有蚂蚁的理,既然它身上有死蚂蚁的气味,它就只能是一只死蚂蚁!

双方争吵着,搏斗着。

"哎!我并没有死呀!""卫兵"叫道,"你瞧!我的脚还在动,我的触须也在动,我还能咬呢!"

"很遗憾,亲爱的朋友,你带有死蚂蚁的气味,这就说明你已经死了,不折不扣地死了。乖乖地去公墓吧!"

蚂蚁的生理机制决定了它的愚不可及。

🌸**大道理：**

我们判断一件事物的时候，要充分考察现实，而不能仅仅根据自己已掌握的经验和死板的理论，否则，就可能犯主观主义的错误，造成判断上的失误。

追野兔的启示

一群小伙伴们上山找野兔。

在一道山梁上，他们惊动了在茂盛的草丛中睡觉的野兔。听到孩子们的脚步声，一只野兔猛地从草丛中跃出，拼命向山峰更高处奔跑。孩子们想，如果把野兔往山头追，野兔会累得精疲力竭，最终成为他们的猎物。于是，便一鼓作气穷追不舍，从一道山梁追到另一道山梁，跳过一个沟壑又一个沟壑。跑在前面的伙伴使劲投掷石块，追在后面的合力大声叫喊着，以震慑野兔，让其减速调转方向。

气喘吁吁地追了大半天，等到他们越过对面的山梁时，野兔早已跑得无影无踪，这让孩子们十分懊丧。

下山后，孩子们把追兔的经过详细说给休息的大人们听，大人们对他们的傻劲儿感到很好笑，提醒他们说："你们犯了一个常识的错误。你们应该向下追野兔，而不应该向上追，因为野兔前腿短，后腿长，善于向高处奔跑，尤其是在遇到险情时。如果它从高处向低处奔跑，后腿使不上力气，会接二连三地栽跟头，加速落入困境。况且，向上奔跑的时候，人容易疲劳，而野兔则恰恰利用身体的缺陷，把劣势转为优势，脱离险境。"

孩子们恍然大悟。玩性不改的他们又兴冲冲地上山,从山头向山脚搜寻刚才逃逸的野兔。不久,他们果真在野兔消失的山岭发现了啃食野草的兔子,他们蹑手蹑脚,并没有急于惊动它,而是分头站在高处从不同的方向包抄野兔,野兔发现险情,立即跳出草丛企图向上逃跑,不料陷入了孩子们的包围圈,野兔只得向下逃跑。果如大人所言,慌乱的野兔向下跑得越快,栽的跟头越多,他们轻而易举地捕获了野兔。

🐛 **大道理:**

灵活地进行思考和决策,跳出思维定式,善于发现和利用客观规律,化劣势为优势,才能顺利实现自己的目标。

天才也会失算

著 名的心算家阿伯特·卡米洛从来没有失算过。

这一天他做表演时,有人上台给他出了一道题:"一辆载着 283 名旅客的火车驶进车站,有 87 人下车,65 人上车;下一站又下去 49 人,上来 112 人;再下一站又下去 37 人,上来 96 人;再再下一站又下去 74 人,上来 69 人;再再再下一站又下去 17 人,上来 23 人……"

那人刚说完,心算大师便不屑地答道:"小儿科!告诉你,火车上一共还有——"

"不,"那人拦住他说,"我是请您算出火车一共停了多少站口。"

阿伯特·卡米洛呆住了,这组简单的加减法成了他的"滑铁卢"。

🐛 **大道理:**

心算家思考的只是老生常谈的数字,而忽略了数字背后的东西。由此可见,在自己的思维定式里打转,天才也走不出死胡同。我们所应做的是打破自己头脑中的思维定式,使自己的智慧像火一样燃烧起来。

非洲土人穿鞋子

在美国有一间鞋子制造厂。为了扩大市场,工厂老板便派一名市场经理杰克逊到非洲一个孤岛上调查市场。

这天,他来到了这个岛国,到达当日,他就发现当地人全都赤足,不穿鞋!从国王到贫民、从僧侣到贵妇,竟然无人穿鞋子。

当晚,杰克逊回到旅馆便向国内总部老板拍了一封电报:"这里的人从不穿鞋子,有谁还会买鞋子?我明天就回去。"

当老板接到电报后,思索良久,便吩咐另一名市场经理板并去实地调查。当这名市场经理一见到当地人们赤足,没穿任何鞋子的时候,心中兴奋万分,一回到旅馆,马上电告老板:"此岛居民无鞋穿,市场潜力巨大。快寄100万双鞋子过来。"两年后,这里成了鞋厂最大的销售市场。

🐾大道理:

这就是一念之差导致的天壤之别。同样是非洲市场,同样面对打赤脚的非洲人,由于一念之差,一个人灰心失望,不战而败;而另一个人满怀信心,大获全胜。

让噪音主动消失

美国芝加哥的一位退休老人,在一所学校附近买了一栋简朴的住宅,打算在那儿安度他的晚年。他住的地方最初的几个星期很安静,不久,就有3个年轻人开始在附近踢所有的垃圾桶,附近的居民深受其害。对他们的恶作剧,大家采用了各种各样的办法,好言相劝过,也吓唬过,可一直没有作用,等到人一走,他们又开始踢。邻居们无计可施,也只好听之任之。这位老人实在受不了他们制造的噪音,开始想办法让他们离开。

于是,他出去跟他们谈判:"你们几个一定玩得很开心,我年轻的时候也常常做这样的事情。你们能不能帮我一个忙?如果你们每天来踢这些垃圾桶,我每天给你们1美元。"这3个年轻人很快就同意了,于是,他们使劲地踢所有的垃圾桶。

过了几天,这位老人愁容满面地去找他们。"通货膨胀减少了我的收入,"他说,"从现在起,我只能给你们每人50美分了。"

这3个年轻人有点不满意,但还是接受了老人的钱,每天下午继续踢垃圾桶,可是,却没有以前那么卖力了,踢得浮皮潦草的。几天后,老人又来找他们。

"瞧!"他说,"我最近没有收到养老金支票,所以每天只能给你们25美分了,成吗?"

"只有25美分!"一个年轻人大叫道,"你以为我们会为了区区25美分浪费时间,在这里踢垃圾桶?不成,我们不干了!"

从此以后,老人过上了安静的日子。

☙大道理:

聪明的老人巧妙地运用了逆向思维,通过曲线迂回的方式解决了问题。当我们遇到难题的时候,是不是也考虑一下从问题的反面入手?也许,那美妙的结果正在等着我们的光临呢!

黑石子,白石子

从前,在欠债不还便足以使人入狱的时代,伦敦有一位商人,欠了一位放高利贷的债主一笔巨款。那个又老又丑的债主,看上了商人青春美丽的女儿,便要求商人用女儿来抵债。

商人和女儿听到这个提议都十分恐慌。狡猾伪善的高利贷债主故作仁慈,建议这件事听从上天安排。他说,他将在空钱袋里放入一颗黑石子、一颗白石子,然后让商人的女儿伸手摸出其一,如果她摸出的是黑石子,她就要成为他的妻子,商人的债务也不用还了;如果她摸出的是白石子,她不但可以回到父亲身边,债务也一笔勾销;但是,假如她拒绝探手一试,她父亲就要入狱。

虽然不情愿,商人的女儿还是答应试一试。当时,他们正在花园中铺满石子的小径上,协议之后,高利贷的债主随即弯腰拾起两颗小石子,放入袋中。敏锐的少女突然察觉:两颗小石子竟然全是黑的!

女孩儿没有言语,冷静地伸手探入袋中,漫不经心似的,眼睛看着别处,摸出一颗石子。

突然,手一松,石子便顺势滚落到路上的石子堆里,分辨不出是哪一颗了。

"噢!看我笨手笨脚的,"女孩儿惊呼道,"不过,没关系,现在只需看看袋子里剩下的这颗石子是什么颜色,就可以知道我刚才选的那一颗是黑是白了。"

当然啰,袋子里剩下的石子一定是黑的,恶债主既然不能承认自己的诡诈,也就只好承认她选中的是白石子。

一场债务风波,有惊无险地落幕。

🐾 大道理:

放弃常规思考模式的束缚,换一个角度来看,变一个着眼点,这种方法就可以逢凶化吉,把最险恶的危机变成最有利的情况。其实只要善于思考,困境也可以是顺境。

小花的依靠

有一朵看似弱不禁风的小花,生长在一棵高耸的大松树下。小花非常庆幸有大松树成为它的保护,为它挡风挡雨,每天可以高枕无忧。

有一天,突然来了一群伐木工人,两三下的功夫,就把大树整个锯了下来。

小花非常伤心,痛哭道:"天啊!我所有的保护都失去了。从此那些嚣张的狂风会把我吹倒,滂沱的大雨会把我打倒!"远处的另一棵树安慰它说:"不要这么想,刚好相反,少了大树的阻挡,阳光会照耀你,甘霖会滋润你;你弱小的身躯将长得更茁壮,你盛开的花瓣将一一呈现在灿烂的日光下。人们会看到你,并且称赞你说,这朵可爱的小花长得真美丽啊!"

🌸**大道理:**

当失去了一些以为可以长久依靠的东西,自然会有难以割舍的痛苦,但其中却隐藏着无限的祝福和机会。日后回首时,你才惊讶自己成长的痕迹,是那么清晰明显,甚至是令人满心喜悦的。

别让门关住你自己

一个木匠做得一手好门,他给自家做了一扇门,他认为这门用料实在、做工精良,一定会经久耐用。

后来,门上的钉子锈了,掉下一块板,木匠找出一颗钉子补上,门又完好如初。后来又掉了一颗钉子,木匠就又换上一颗钉子。后来又有一块板坏了,木匠就又找出一块板换上。后来门闩损了,木匠就又换了一个门闩……

于是若干年后,这扇门虽经无数次破损,但经过木匠的精心修理,仍坚固耐用。木匠对此甚是自豪。

忽然有一天,邻居对他说:"你是木匠,你看看你家这门!"木匠仔细一看,才发觉邻居家的门一扇扇样式新颖、质地优良,而自己家的门却又老又破,满是补丁。于是木匠明白了:是自己的这门手艺阻碍了自家门的发展。

🐢大道理:

学一门手艺很重要,但换一种思维更重要,行业上的造诣是一笔财富,但也是一扇门,会关住自己。故步自封,墨守成规,只能将事情办糟。思维要随事物的变化而变化,你才能适应这个世界的发展。

警惕陷入"经验"中去

这是一个挺有趣的实验,实验对象必须是受过教育的成年人,文盲和儿童是不行的。

提问:三点水右边加一个"来"字念什么?

答曰:念"涞"。

再问:三点水右边加一个"去"字呢?被问者至少有一半以上顿时语塞,有的甚至当即断然回答:根本就没有这个字!

而实际上,这个"法"字的使用频率远比"涞"字高得多。一般情况下,认识"涞"字的人不会不认识"法"字。那么问题出在哪里呢?这就是思维定式的作用了。

三点水加一个"来"念成"涞",这是汉字中典型的"左形右声"字。当你回答了这个简单的问题之后,一种思维定式便悄悄地左右了你的思路,当提问者借汉字中"来"与"去"相对应的定式发问时,你多半会立即按照"左形右声"的思维方式加以考虑,而"法"却并不念"去",于是立即否定了这个常用字的存在。

问题就是这么简单,却又如此令人不可思议。当然,这种"定式"必然有其成因——形成这种定式所需要的知识结构。若以同样的问题向小学三、四年级的学生发问,"上当"的人就几乎没有。这是因为他们还不具备形成这种定式的知识结构。

🐾 大道理:

这是"惯性"造成的定式,在取舍、肯否之间很容易形成"定而不移"之势。唯一可行的解除定式的办法,就是极大地开阔我们的视野,改变我们既有的思维方式,时刻警惕陷入"经验"中去。

钻进牛角的蚂蚁

一只十分勤奋的蚂蚁,有一天误入了牛角。

蚂蚁很小。弯弯的牛角,在它看来就像是一条极其宽阔的隧道。它想,走出隧道,定会是一个草美水丰的洞天福地。谁料,脚下的路却越走越窄,到后来竟难以容身。为此,蚂蚁不得不停下来进行认真思考。经过一番激烈的思想斗争,它决心掉过头来,重新开始。

这一回,他由牛角尖向牛角口进发,结果它惊喜地发现,道路越走越宽广,而且步出牛角,天蓝莹莹的,极其高远,地郁郁葱葱的,宛如碧浪滚滚的大海。一时间,它觉得自己就是那天上自由飞翔的小鸟儿,大海中随意闲游的小鱼儿。

之后，蚂蚁逢人便说："当你遇到无法逾越的障碍时，不妨换一种方式。这就像面对一扇打不开的门一样，换一把钥匙，希望之门或许就会为你敞开。"

🐜 大道理：

"不钻牛角尖"，很浅显的道理，但要真正意识到哪边是牛角尖，哪边是牛角口，似乎却不那么容易。唯有冷静而善于思考的头脑，方可另辟蹊径，摆脱困境。

发人深省的公益广告

在美国的弗吉尼亚地方电视台，曾播过这样一则电视广告：一个男人在厨房忙着煮意大利面，家里的白色波斯猫跳到炉台上叫个不停。男人一手拿切菜刀，一手赶那只猫，慌乱中，不慎打翻炉子上那锅猩红的西红柿酱。西红柿酱洒了一地，炉台上那只猫恰巧也跌进地上的酱汁中，沾了一身血红。就在那男人一手抓住猫后颈的毛，将它提起时，大门开了，进来的女人只见他一手拿刀、一手抓猫，满地是"血"……

这时电视画面打出一行大字："不要太早下判断。"这个公益广告真是发人深省。很多时候我们"亲眼所见""亲耳所闻"，真是我们所"以为"的那样吗？

最浅显的例子是变魔术。闻名国际的魔术师大卫，可以在众目睽睽之下把自由女神变不见了。如果光用眼睛看，这魔术似乎是真的，但我们都知道，那只是魔术，不会受骗。"亲眼所见"未必是真，那么"亲耳所闻"呢？

《三国演义》里记载，曹操行刺丞相董卓不成，逃到成皋投奔吕伯奢。生性多疑的曹操怕乡亲出卖他，想偷听主人谈话，却听到某个厅房传出说话声：“把他绑起来杀掉，怎样？”曹操一听，以为主人要杀他，赶紧“先下手为强”，一口气杀了吕府男女八人，后来杀到厨房，发现一只被绑待宰的猪，才知道自己误杀了好人，但憾事已无法挽回了。

一句话听进耳朵，也许我们会像曹操，曲解其意，下错判断；但也有可能，听到的话本身就有问题。

还有一种情况会让我们下错判断——就是听信谣言。魏国大臣庞葱问魏王：“如果有人告诉殿下，街上有老虎，大王信吗？”魏王说：“街上怎么会有老虎？”庞葱又问：“如果有第二个人说街上有老虎，大王信不信？”魏王说：“半信半疑。”“如果有第三个人说街上有老虎呢？”魏王说：“那就不得不信了。”谣言的可怕就于在此：若很多人都这么说，即使是谎言，也会动摇我们的信念。

🐾**大道理：**

生活中的很多事，远非外表所表现得那么简单。因此，在进行全面、深入的了解之前，不要太早下判断，否则，就可能得出错误的结论。

一头自作聪明的老海象

“下面的情形如何？”老海象端坐在海边的一块巨岩上，大声发问。他期待着听到好消息。

岩石下的一群小海象嘀咕了一会儿，事情一点儿都不妙，但没有哪只海象愿意告诉这位老祖宗真相。他是海象群中年龄最大也最聪明的一只，饱经沧桑，深谙世故，他们不愿让他失望，或令他处于尴尬境地。

“我们该告诉他些什么呢？”小海象们的带队人巴齐尔悄悄地想。他犹自记得上一次当小海象们没有完成捕获鲱鱼定额的时候，老海象大声咆哮的情景。他不想再经历一回那样的噩梦。可是，附近海湾的水位在过去几周内不断下降，要想捉到更多的鲱鱼，就必须离开现在的地方。这种情形应该让老海象知道。可是谁来告诉他呢？又用什么办法告诉呢？

　　巴齐尔最后一咬牙说："一切都很正常，头儿。"不断退后的海水让他心情很沉重，但他还是继续说："依我们看，海滩好像在扩大。"

　　老海象满意地说："好，好。这会给我们带来更大的生存空间。"他闭上眼，继续悠闲地晒他的太阳。

　　第二天，情况变得更加不妙。一个新的海象群正向这块海滨进发，由于鲱鱼已经发生了短缺，他们的入侵显得格外具有威胁性。没人敢把这一险情通报给老海象，虽说只有他才能采取必要的措施迎击挑战。

　　巴齐尔走到老海象跟前，奉承了几句话之后，小心翼翼地说："噢，头儿，忘了告诉你，一群新的海象闯到我们这儿来了。"

　　老海象倏地把眼睛睁开，深吸了一口气正准备咆哮。巴齐尔赶忙又说："当然，我们不认为这有什么问题。他们看上去不像是以鲱鱼为食的，而是贪吃那些小鱼。而您知道，我们是不碰那些玩意儿的。"老海象徐徐吐出一口长气。"好，好。那么，我们没有什么可担心的，对吗？"在接下来的几周内，形势越来越糟。一天，从岩石上望下去，老海象注意到一些小海象似乎消失了。他把巴齐尔叫来，怒气冲冲地问："怎么回事，巴齐尔？那些小子们哪儿去了？"

可怜的巴齐尔没有勇气告诉老海象,许多年轻的海象已经离开自己的群体,加盟到那群新海象当中。他清了清嗓子,对老海象说:"头儿,是这样的,我们加强了纪律性。你知道,这是为了吐故纳新。毕竟,我们的队伍必须保持纯洁。"

老海象咕哝道:"我总是说,玉不琢,不成器。如果一切正常就好。"

又过了一些时候,除了巴齐尔自己,他所有的部下都投奔到新的海象群中。巴齐尔意识到他必须明确告诉老海象所发生的一切了。尽管十分害怕,他还是下定决心走到岩石上,对老海象说:"头儿,我要告诉你一个坏消息,所有的海象都离开你了。"

老海象惊呆了,甚至都忘记了大发雷霆。"离开了我?所有的海象?为什么?这一切究竟是怎么发生的?"

巴齐尔还是不敢说出所有的事实,所以他只是耸了耸肩。

"我不明白,"老海象喃喃地说,"原来一切不是都很正常的吗?"

大道理:

不要听信别人的片面之词,要进行深入、细致的调查研究,努力掌握第一手资料,才能做出正确的判断,避免决策的重大失误。

做真正的强者

丹尼斯·罗杰斯上高中时,只有 1.52 米的身高,36 千克的体重,是一地道的"矮子"。他的脊柱有些弯曲,整个上身看上去弯成一个问号的样子,那也是他面向自己将来人生的疑问:"我是谁?我将来能干什么?"他不知道。唯一确知的是:自己是一个矮子,身高连普通标准都达不到。

由于罗杰斯身材矮小，身单力薄，学校体育队的队员们老叫他"侏儒"。他们常拿他取笑，知道他打不过他们，便常来欺负他，故意绊倒他，抢他手里的书。罗杰斯经常生活在被恐吓的阴影之中，而且，学校里每一个人都可能是潜在的恐吓者。体育课是他最难受的一门课，有竞赛的项目，哪一方也不愿要他，他常像皮球一样被踢来踢去。

一天，老师把罗杰斯叫到一边："丹尼斯，我们决定替你转一个班，从现在起，你到特殊教育班去上课吧！"

"特教班？可那是为残疾学生开的班呀！"

"我很抱歉，"他拍拍罗杰斯的肩膀说，"但是我们是为你着想。"

放学了，罗杰斯回到家，"砰"的一声关上房门，在镜子前仔细端详自己：弯腰驼背，手臂细得可怜。他失望地倒在床上。"为什么？为什么我会长成这样？"罗杰斯站起身来，望着父亲在院子里干活的身影发呆。父亲虽然也是小个子，却曾在军队服役，身上肌肉发达，没人敢欺负他。罗杰斯暗自下了决心。

父亲帮助他自制了一个举重用的杠铃。每天晚上，他都到楼下的储藏室去练习举重。一次次地，罗杰斯逐渐能举起杠铃了。他又不时往上加重量，往往一次加上 4 千克，他必须要拼足全部力气才能举起来。对罗杰斯来说，这不仅仅是举杠铃，而是向自我挑战。

他要改变自己弱不禁风的形象。怎么办？他开始吃大量富含蛋白质的营养品，并在各种健美杂志中寻求帮助。6 个月后，在罗杰斯 17 岁生日的这一天，他仍然只有 1.52 米高，体重 40 千克。

父亲替人做船上用的帆布帐篷。罗杰斯常帮父亲干活。一天，他把一卷帆布从汽车里搬到山坡上的工厂去。这卷帆布大概有 2 米长、80 多千克重。他把它扛上肩，往前迈了一步。哟！好重！但是，他不能扔下！他跟跟跄跄地爬上山坡，累得满头大汗。最终，他一个人把这卷帆布扛上了山坡！他惊讶不已,简直不敢相信自己的锻炼已经初见成效！

罗杰斯便做了一个实验:在杠铃上放上迄今为止能举起的重量,然后再加上额外的 40 千克。"不要去想你的个子,"他告诉自己,"举就是了,你能行。"他举了,居然举起来了！他知道为什么自己能举起这么重的东西了。过去,他总认为自己的个子小,越是这样,就越是限制了自己潜能的挖掘,更说不上发挥了。

从此,罗杰斯开始正规地学习举重,每天都去体育馆训练。他的肌肉增加了,力气增大了,微驼的脊背伸直了。有不少在这里锻炼的人都爱掰手腕,他也加入进去。最初,当罗杰斯在他们面前坐下的时候,他们都以嘲笑的眼光看着他。罗杰斯不理会这些,他把他们一个一个地都打败了。但是,罗杰斯输给了一个叫鲍勃的人。

一天,罗杰斯在健美杂志上看见一则东海岸将举行掰手腕比赛的广告,欢迎各路精英参加。他告诉鲍勃,自己也想去参加比赛。"想都别想,"鲍勃说,"那都是一些专业人士,他们一年到头都在训练。弄不好,你还会受伤的。"

罗杰斯不相信,他走进了东海岸掰手腕比赛的现场。罗杰斯遇到了同样轻视嘲笑的目光。然而,他打败了所有的对手。那天比赛结束的时候,罗杰斯成了冠军,一个真正的强者。

❀大道理:

别人看不起我们没关系,重要的是我们自己要肯定自己,绝不能自暴自弃。只有充满信心,不断磨炼自己,让自身逐步完善壮大,才能击碎别人轻视嘲笑的目光,做生活中真正的强者。

信任是一双希望的手

布鲁姆是小镇上出名的地痞，整日游手好闲，酗酒闹事，人们见到他唯恐躲避不及。一天，他醉酒后失手打死了前来上门讨债的债主，被判刑入狱。

入狱后的布鲁姆幡然悔悟。一次，他成功地协助监狱制止了一次犯人的集体越狱出逃，获得减刑的机会。

布鲁姆从监狱中出来后，回到小镇上重新做人。他先是找地方打工赚钱，结果全被对方拒绝。这些老板全部遭受过布鲁姆的敲诈，谁也不要他这种人。食不果腹的布鲁姆又来到亲朋好友家借钱，遭到的都是一个个不相信的眼神，他那一点儿刚充满希望的心，开始滑向失望的边缘。这时，镇长听说了，就取出了100美元，递给布鲁姆，布鲁姆接钱时没有显出过分的激动，他平静地看了镇长一眼后，消失在镇口的小路上。

数年后，布鲁姆从外地归来。他靠100美元起家，努力拼搏，终于成了一个腰缠万贯的富翁，不仅还清了亲朋好友的旧账，还领回来一个漂亮的妻子。他来到了镇长的家，恭恭敬敬地捧上了200美元，然后说道："谢谢您！"

事后，费解的人们问镇长，当初为什么相信布鲁姆日后能够还上100美元，他可是出了名的借钱不还的地痞。

镇长笑了笑，说："我从他借钱的眼神中看出他的诚意，相信他不会欺骗我，我那样做是为了让他感受到社会和生活不会对他冷酷和遗弃。"一个即将走向极端的人，被镇长拯救了过来。

大道理：

一个好人会变成一个坏人，一个坏人同样也会变成一个好人。当一个人想改变自己时,最需要的是来自别人的信任。信任是一双希望的手,能拯救一个人的灵魂。

一堂关于"信任"的课

多年以前,朵拉曾听过一堂关于"信任"的课。那堂课的主题是"探讨人与人之间的关系",老师奥尔格先生问听课的学生,什么才是真正的信任。大家给出的答案五花八门。奥尔格先生听后没有发表自己的见解,而是话锋一转,突然向学生们解释起物理学上著名的"钟摆原理":钟摆自最高点往下运动,它来回摆动达到的最高位置绝不会高于最高点。由于摩擦力和重力的作用,它的摆动幅度会越来越小,直至最后完全静止。

为形象说明这一点,奥尔格先生当场做了演示。他用一根 3 英寸长的细线绑了一把钥匙,再用图钉将线的一头固定在黑板上。然后他将钥匙抬到一定的高度,放手让它左右自由摆动。奥尔格先生在一旁观测它运动的轨迹,在每次钥匙摆动达到的最高位置,用粉笔在黑板上做上记号。大约 1 分钟以后,钥匙完全停止摆动。黑板上的记号完全印证了钟摆原理。

做了这个实验之后,奥尔格先生问大家,是否信任他,是否相信钟摆原理。所有的同学都举起手来表示相信。在得到学生们肯定的回答后,他叫人从外面抬进一口硕大的钟,并让人把它悬挂在教室的钢筋横梁上。接着,他请一位同学坐到桌子上的一把椅子上。那把椅子靠背贴着墙,这位同学坐下后后脑勺恰好贴着水泥墙壁。然后,奥尔格先生将钟摆推到距离这位同学鼻子只有 1 英寸的地方。一切就绪后,奥尔格先生再一次为大家解释了钟摆原理,接着说道:"这口钟的钟摆有 270 磅重,我在距他鼻子1英寸处放开钟摆,钟摆再次摆回时,离他鼻子的距离只会多于1英寸,绝不会碰到他的鼻子,更不会撞上他。"

然后,奥尔格先生看着这位同学的眼睛,问:"你相信这个物理原理吗? 我向你保证,你不会受伤,你信任我吗?"大家都注视着这位同学,他脸上汗珠直冒,最后他才点了点头。"谢谢。"奥尔格先生说着放开了钟摆。伴随着呼呼的声音,这个庞然大物从最高点往斜下方坠,迅速摆向另一端。在到达另一端的最高点后,突然转向往回摆动,朝着这位同学坐着的地方迫近。然后,就在几十双眼睛的注视之下,这位同学大叫一声,在钟摆还未靠近自己之前,几乎是从桌子上一跃而起,避开了似乎要把他撞得头破血流的重物。随后,大家看见钟摆在离椅子不远的点停住了,接着又摆回去。根据钟到墙壁的距离判断,钟绝对不会撞到那位同学——如果他还坐在那里的话。

屋子里鸦雀无声。奥尔格先生微笑着问大家:"他相信钟摆原理吗? 他信任我吗?"同学们都异口同声:"不!"

至此,我想我们大家对什么是信任都有了新的理解。

🐾大道理:

真正的信任是一种高尚的情感,是人与人之间沟通的桥梁。它不仅体现在语言上,更体现在日常的行动与心理中。只有发自内心的信任才是真正的信任,才能经得起种种外力的考验。

朋友间的信任

公元前4世纪,在意大利,有一个名叫皮斯阿司的年轻人冒犯了国王。皮斯阿司被判绞刑,在某个法定的日子要被处死。

皮斯阿司是个孝子,在临死之前,他希望能与远在百里之外的母亲见最后一面,以表达他对母亲的歉意,因为他不能为母亲养老送终了。他的这一要求被告知了国王。

国王感其诚孝,决定让皮斯阿司回家与母亲相见,但条件是皮斯阿司必须找一个人来替他坐牢,否则他的这一愿望只能是镜中花、水中月。这是一个看似简单其实近乎不可能实现的条件。有谁肯冒着被杀头的危险替别人坐牢?这岂不是自寻死路?但,茫茫人海,还真有人不怕死,而且真的替别人坐牢,他就是皮斯阿司的朋友达蒙。

达蒙住进牢房以后,皮斯阿司回家与母亲诀别。人们都静静地关注着事态的发展。日子如水,皮斯阿司一去不回头。眼看刑期在即,皮斯阿司也没有回来的迹象。人们一时间议论纷纷,都说达蒙上了皮斯阿司的当。

行刑日是个雨天,当达蒙被押赴刑场之时,围观的人都在笑他的愚蠢,幸灾乐祸的大有人在。但刑车上的达蒙,不但面无惧色,反而有一种慷慨赴死的豪情。

追魂炮被点燃了,绞索也已经挂在达蒙的脖子上。有胆小的人吓得紧闭了双眼,他们在内心深处为达蒙深深地惋惜,并痛恨那个出卖朋友的小人皮斯阿司。

但是,就在这千钧一发之际,在淋漓的风雨中,皮斯阿司飞奔而来,他高喊着:"我回来了!我回来了!"

这真是人世间最最感人的一幕,大多数人都以为自己在梦中,但事实不容怀疑。这个消息宛如长了翅膀,很快便传到了国王的耳中。国王闻听此言,也以为这是痴人说梦。

国王亲自赶到刑场,他要亲眼看一看自己优秀的子民。最终,国王万分喜悦地为皮斯阿司松了绑,并亲口赦免了他的罪。

❀大道理:

梭罗曾经说过,伟大的信任产生在伟大的友谊之上,友谊是信任的基础。现代社会,我们更需要这份信任,不论是朋友、亲人,还是陌生人之间。

齐威王对匡章的信任

战国时,有一次秦军借道韩、魏以攻齐国。齐威王派将军匡章率兵迎战,两军交错扎营。开战之前,双方使者来来往往。匡章借机改换了部分齐军的徽章,混杂到秦军中待机配合齐国的主攻部队破敌。齐威王派往前线的人探不明匡章的用意,悄悄向齐威王打小报告说:"匡章可能要带兵降秦。"齐威王听了置之不理。过了不久,又有前线回来的人向齐威王报告说:"匡章可能降秦。"齐威王仍不理睬。如此再三。

朝廷众大臣见此情景向齐威王请求道:"言章子人(匡章)之败(不良行为)者,异人而同辞,王何不发兵击之?"齐威王胸有成竹地说:"此不叛寡人明矣,曷(何)为击之!"果然,时过不久,从前线传来了齐军大胜的捷报。左右很吃惊,询问齐威王何以有此先见之明。齐威王告诉他们,从匡章的日常表现便可推断出。

原来,匡章的母亲在世时,得罪了匡章的父亲,被他父亲杀死埋于马栈下。齐威王任匡章为将时,其父已死。齐威王曾特许他打了胜仗之后,就为其母更葬,但为匡章所谢绝,理由是:父亲生前未做此吩咐。他说:"不得父之教而更葬母,是欺死父也。"故不从命。这使齐威王对匡章的为人有了较深的了解,坚信他"为人子不欺死父,岂为人臣欺生君哉"。所以,尽管前线三次送来情报说匡章可能降秦,但齐威王都没有相信,坚持放手让匡章指挥作战,终于保证了这次抗秦斗争的胜利。

匡章本人回朝知道了此事,十分感动,誓死效忠,遂北伐燕、南征楚,为齐屡建战功。

信任，这个词往往都是建立在诚信之上的，人与人之间，有了诚信的言行才能发展出可靠的信任。而往往信任和守信是彼此相连，缺一不可的。守信就是为了赢得他人的信任。

不能控制自己的猩猩

森林里住着一群猩猩，它们喜欢喝酒，还喜欢穿着草鞋学人走路。猎人就选了一块空地，放上几坛甜酒，摆上大大小小的酒杯，还编了许多草鞋，用草绳串起来放在旁边。

猩猩一看这个阵势，就知道是猎人设下的圈套。它们坐在树上，高声叫骂："你们这班该杀的！放几坛甜酒、几双草鞋就想让老子上当？甜酒、草鞋是什么好玩意！我们就那么嘴馋！瞎了眼的！"

骂着骂着，觉得嘴巴有点儿发干，鼻子还闻到阵阵酒香。有只猩猩忍不住了："喂，弟兄们，这些傻瓜既然为咱们准备了这么多甜酒，咱们为什么不去尝它一小杯呢？不喝白不喝，咱们少喝一点儿。不喝醉，不上当就是了。"

他的提议正合大家的心意，猩猩们纷纷溜下树来。它们先拿小杯喝，一边喝，一边还在骂设下圈套的猎人。喝着喝着，觉得小杯太费事，就换了大一点儿的酒杯。

它们越喝越觉得酒味喷香，满嘴流蜜，最后，干脆抓起大缸子往嘴里灌。一会儿，猩猩们就喝得酩酊大醉，双眼歪斜，满脸绯红，脚步踉跄，一个个发起酒疯来了。它们追逐嬉闹，厮打咬架，又把草鞋套到脚上，歪三倒四地学人走路。

这时候，埋伏在周围的猎人随着一声锣响，扑向猩猩。

喝醉的猩猩想往森林里逃，却被脚下的草绳纷纷绊倒，都被捉住了。

大道理：

人应该有控制自己的能力，善于自我约束，防微杜渐，不该说的话决不说，不该做的事决不做，以免为了贪图物质享受、追逐蝇头小利而铸成大错。

战胜自己才能成功

一个念小学的女孩儿，每天都第一个到校，第一个到教室，等待一天的开始。她的同学途中遇到她，问她为什么每天都那么早到校，她带着腼腆的笑容，回答了这个问题。

原来，她学习成绩不怎么样，长相也普通，在家中排行中间，她从来不知"第一名"的滋味是什么。某次，她发现当她第一个到达教室时，竟意外地获得一种类似"第一名"的喜悦，很快乐，也有了期待。

她一面走着，一面向同学袒露心中的小秘密，周身散发出一股期待及喜悦的光芒。接近教室的时候，她心中甚至升起了一种不小的兴奋和快感……

不料，她的同学一个箭步往前跨过去，推开了教室门，"第一个"冲了进去，然后回头望着她，露出胜利的微笑。她的光芒顿时隐去，她的心隐隐发痛。她忍住泪水，脱口一句："第一是我的，你怎么可以……"

下面的话她说不出来了，她连这个"第一"也失去了。

大道理：

要想战胜别人，必须提高自己的实力，而不能寄希望于别人的谦让。

最短的路和最快的路

有一天，一个小职员正在赶着上班，这天他的公司有一个很重要的会议，会议中的表现关乎他能否升职，所以不能迟到。无奈他的闹钟却在今晨坏掉了，最糟糕的是还有二十分钟会议便要开始了。

小职员唯有改乘出租车，希望能赶得及参加会议。

好不容易他才截到了一辆出租车，匆匆忙忙上车后，他便对司机说："司机先生，我很赶时间，拜托你走最短的路！"

司机问道："先生，是走最短的路，还是走最快的路？"

小职员好奇地问："最短的路不是最快的吗？"

"当然不是，现在是繁忙时间，最短的路都会交通拥塞。你要是赶时间的话便得绕道走，虽然多走一点儿路，却是最快的方法。"

听了司机的话，小职员最后还是选择了走最快的路。途中他看见不远处有一条街道交通拥塞得水泄不通，司机解释说那条正是最短的路。司机所言没差，多走一点儿路果然畅通无阻，虽然路程较远，多花了点儿时间，却很快便到达了目的地。

🐝大道理：

俗话说："欲速则不达。"为了实现自己的理想和目标，不要只顾寻求最短的路线，而是要寻找最佳路线、最容易迅速达到目标的路线。

三只小鸟

很久以前，有三只小鸟，它们一起出生，一起长大，等到羽翼丰满的时候，又一起从巢里飞出去，一起寻找成家立业的地方。

它们飞过了很多高山、河流和丛林，飞到一座小山上。一只小鸟落到一棵树上说："这里真好，真高。你们看，那成群的鸡鸭牛羊，甚至大名鼎鼎的千里马都在羡慕地向我仰望呢。能够生活在这里，我们应该满足了。我的目标就是这里！"它决定在这里停留，不再飞走了。

另两只小鸟却失望地摇了摇头，说："你既然满足于这个目标，就留在这里吧，我们还想到更高的地方去看看。"

这两只小鸟继续飞行的旅程，它们的翅膀变得更强壮了，终于飞到了五彩斑斓的云彩里。其中一只陶醉了，情不自禁地引吭高歌起来，它沾沾自喜地说："我不想再飞了，这辈子能飞上云端，便是伟大的成就了，你不觉得已经十分了不起了吗？"

另一只很难过地说："不，我坚信一定还有更高的境界，我要向更高的目标前进。遗憾的是，现在我只能独自去追求了。"

说完，它振翅翱翔，向着九霄，向着太阳，执着地飞去……

最后，落在树上的成了麻雀，留在云端的成了大雁，飞向太阳的成了雄鹰。

追求的目标不同，最终决定了这三只小鸟不同的命运。

🐜 大道理：

一个人要想有所成就，就必须知道自己的目标是什么。还要知道，一个人追求什么样的目标，就会有什么样的人生。当然，有了目标后，最重要的是要拿出积极的行动，这样才能真正拥有你想要的人生。

先难才能后易

一位音乐系的学生走进练习室，钢琴上，摆放着一份全新的乐谱。

"超高难度。"他翻动着，喃喃自语，感觉自己对弹奏钢琴的信心似乎跌到了谷底,消磨殆尽。已经3个月了,自从跟了这位新的指导教授之后,他不知道,为什么教授要以这种方式整人?勉强打起精神,他开始用10只手指头奋战,琴音盖住了练习室外教授走来的脚步声。

指导教授是个极有名的钢琴大师。他给自己的学生一份新乐谱。

"试试看吧!"他说。

乐谱难度颇高,学生弹得生涩僵滞、错误百出。

"还不熟,回去好好练习!"教授在下课时,如此叮嘱学生。

学生练了一个星期,第二周上课时,没想到教授又给了他一份难度更高的乐谱:"试试看吧!"上星期的功课,教授提也没提。

学生再次挣扎于更高难度的技巧挑战。

第三周,更难的乐谱又出现了,同样的情形持续着,学生每次在课堂上都被一份新的乐谱难倒,然后把它带回去练习,接着再回到课堂上,重新面临难上两倍的乐谱,却怎么样都追不上进度,一点儿也没有因为上周的练习而有驾轻就熟的感觉,学生感到愈来愈不安、沮丧又气馁。

教授走进练习室,学生再也忍不住了,他必须向钢琴大师提出这3个月来何以不断折磨自己的质疑。

教授没开口,他抽出了最早的第一份乐谱,交给学生。

"弹奏吧!"他以坚定的眼神望着学生。

不可思议的事发生了,连学生自己都诧异万分,他居然可以将这首曲子弹奏得如此美妙、如此精湛!教授又让学生试了第二堂课的乐谱,同样,学生出现高水平的表现。演奏结束,学生怔怔地看着老师,说不出话来。

"如果,我任由你表现最擅长的部分,可能你还在练习最早的那份乐谱,不可能有现在这样的高度……"钢琴大师缓缓地说着。

🐾 大道理:

我们往往习惯于表现自己所熟悉、所擅长的领域,并且愿意由易到难地做起。其实,这样难度会越来越大,最后容易导致放弃。如果换种方法,从难到易做起,这样事情就会越来越容易,也一定会收到意想不到的效果。

营救遇险船

在芬兰的一个小渔村里,有一个叫哈里森的年轻小伙子。在这个村子里,出海捕鱼的人靠一个简单的求救装置,向设在岸上的接收总台发出求救信号,并报出船只遇险的大概位置。救护人员由渔村里不出海的人轮流担任。

一天傍晚,总台的警报灯又亮了,远在500海里之外的一艘船遇到了危险。依照惯例,这回轮到小伙子哈里森和渔民罗尔素驾船前往营救。

村里的人们把小机动船抬上大船,两人准备出发了。哈里森的老母亲悲痛地拉住儿子的手哭道:"孩子,你父亲就是这样去救人死的!你哥哥出海已快半个月了,还不见回来的影子,恐怕已是凶多吉少。昨天又预报今天海上会有风暴,你要是再遇上什么三长两短,叫我怎么活呀!"

"妈妈,可怜的妈妈!"哈里森抹去妈妈的眼泪,然后扭头上了救援船。

哈里森和罗尔素驾船来到距出事地点约20海里的地方,便遇到了风暴,罗尔素说:"这个鬼天气去救人,只有找死,咱们还是回去吧。跟村里人就说我们没发现遇险的船只。"说完,罗尔素开始掉转船头。

"不,救人要紧。马上就到出事地点了。为什么不去呢?从前别人不是也在这种情况下救过你吗?"哈里森不同意返回。

"你去死吧,让你妈变成孤寡老人。"罗尔素诅咒道。

哈里森放下大船上的小机动船,独自驾着小船向出事地点赶去。

两天后，前去救人的大船破败不堪地被海潮送回渔村旁的海岸，船上空无一人。哈里森的老母亲得到救援船出事的噩耗，顿时昏了过去。

然而，三天后奇迹出现了：一艘小船从晨雾中向渔村驶来，船头站立着一个人，极像哈里森。"是哈里森吗？"村里人高兴地大喊。

"哦——是我，哈里森。"哈里森在船头兴奋地舞动着衣服说，"请快去告诉我妈妈，遇险的那艘船是我哥哥他们的，我救回了我哥哥。"

"谢天谢地，这下哈里森母亲有救了。"人们高兴地议论着。

🐞 **大道理：**

常言道，与人方便就是与己方便。当别人需要我们救助的时候，我们要勇于伸出援助之手。因为，救助别人是我们作为人的一项职责，而且有时候救助别人，往往就是在救助我们自己。

最好的消息

阿根廷著名的高尔夫球手罗伯特·德·温森多有一次赢得一场锦标赛，领到支票后，他微笑着从记者的重围中出来，到停车场准备回俱乐部。

这时候一个年轻的女子向他走来。她向温森多表示祝贺后又说她可怜的孩子病得很重——也许会死掉，她却不知如何才能支付得起昂贵的医药费和住院费。

温森多被她的讲述深深打动了。他二话没说，掏出笔在刚赢得的支票上飞快地签了名，然后塞给那个女子。

"这是这次比赛的奖金，祝可怜的孩子走运。"他说道。

一个星期后，温森多正在一家乡村俱乐部吃午餐。一位职业高尔夫球联合会的官员走过来，问他一周前是不是遇到一位自称孩子病得很重的年轻的女子。

"停车场的孩子们告诉我的。"官员说。

温森多点了点头。

"哦,对你来说这是个坏消息,"官员说道,"那个女人是个骗子,她根本就没有什么病得很重的孩子。她甚至还没有结婚!温森多——你让人给骗了!我的朋友。"

"你是说根本就没有一个小孩子病得快死了?"

"是这样的,根本就没有。"官员答道。

温森多长吁了一口气。"这真是我一个星期来听到的最好的消息。"温森多说。

🐾大道理:

任何事物都具有两面性。本来是一件坏事,如果从另一个角度看,则会是一件好事。所以,在遇到诸如不顺、打击、失败等挫折时,不妨从另一个角度去看待问题。这样,人生才会有快乐。

华盛顿的"鸿门宴"

当美国第一任总统华盛顿还是一位上校的时候,他率领着部队驻守在弗吉尼亚。在选举弗吉尼亚议会的议员时,有一个名叫威廉·佩恩的人反对华盛顿所支持的候选人。同时,在关于选举问题的某一点上,华盛顿与佩恩形成了对抗。华盛顿出言不逊,冒犯了佩恩。佩恩一怒之下,将华盛顿一拳打倒在地。

华盛顿的部下闻讯,群情激愤,部队马上开了过来,准备教训一下佩恩。

华盛顿当场加以阻止,并劝说他们返回营地,就这样一场干戈暂时避免了。

第二天一早,华盛顿派人给佩恩送一张便条,要求他尽快赶到当地的一家小酒店来。佩恩怀着凶多吉少的心情如约到来,他猜想华盛顿一定要和他进行一场决斗,然而出乎意料,华盛顿在那里摆了丰盛的宴席。华盛顿见佩恩到来,立即站起来迎接他,并笑着伸过手来,说道:"佩恩先生,犯错误乃人之常情,纠正错误是一件光荣的事。我相信昨天是我不对,你已经在某种程度上得到了满足。如果你认为到此可以解决的话,那么握住我的手,让我们交个朋友吧。"华盛顿热情洋溢的话语感动了佩恩。从此以后,佩恩成为一个热烈拥护华盛顿的人。

🐛大道理:

人非圣贤,孰能无过? 不要计较别人的过错,遇事应站在对方的立场上,要永远用一颗宽恕的心去理解对方。有时,小小的宽容会温暖别人的心,从而避免一个又一个麻烦。

论敌的祝贺

18世纪的法国科学家普鲁斯特和贝索勒是一对论敌,他们对定比定律的争论长达 9 年之久,各执一词,谁也不让谁。最后的结果是以普鲁斯特胜利而告终,普鲁斯特成了定比这一科学定律的发明者。

普鲁斯特并未因此而得意忘形,据天功为己有。他真诚地对曾激烈反对过他的论敌贝索勒说:"要不是你一次次的质疑,我是很难深入地研究这个定比定律的。"因为在普鲁斯特看来,贝索勒的责难和激烈的批评,对他的研究来说是一种难得的激励,是贝索勒在帮助自己完善自己。这与自然界中"是因为有了狼,鹿才奔跑得更快"的道理是一样的。

同时,他特别向公众宣告,发现定比定律,贝索勒有一半的功劳。

贝索勒呢,虽然他是失败的争论者,但他全然不为此懊恼,反而因为在科学的争论中发现了真理而欣喜万分。于是,他提笔写信给普鲁斯特:"您发现了定比定律,可喜可贺,9 年的争论,结出了果实,我向您——真理的发现者致意!"

✿大道理:

允许别人的反对,并不计较别人的态度,而充分看待别人的长处,并善于从他人身上汲取营养,肯定和承认他人对自己的帮助,这种宽容让人感动。正是善于包容和吸纳他人的意见,才使自己走向完善和美丽。宽容更意味着尊重、理解、信任和沟通。

钉子的故事

有一个男孩儿有着很坏的脾气,于是他的父亲就给了他一袋钉子;并且告诉他,每当他发脾气的时候就钉一根钉子在后院的围篱上。

第一天,这个男孩儿钉下了 37 根钉子。慢慢地每天钉下的数量减少了。他发现控制自己的脾气要比钉下那些钉子来得容易些。

终于有一天,这个男孩儿再也不会失去耐性乱发脾气,他告诉他的父亲这件事,父亲告诉他,现在开始,每当他能控制自己的脾气的时候,就拔出一根钉子。

一天天过去了,最后男孩儿告诉他的父亲,他终于把所有的钉子都拔出来了。

父亲握着他的手来到后院说:你做得很好,我的好孩子。但是看看那些围篱上的洞,这些围篱将永远不能恢复成从前的样子。你生气的时候说的话将像这些钉子一样留下疤痕。如果你拿刀子捅别人一刀,不管你说了多少次对不起,那个伤疤将永远存在。话语的伤痛就像真实的伤痛一样令人无法承受。

🦋**大道理：**

　　人与人之间常常因为一些彼此无法释怀的坚持，而造成永远的伤害。如果我们都能从自己做起，开始宽容地看待他人，相信你一定能收到许多意想不到的结果。

给我一个承诺

　　在一个风雪交加的夜晚，因为雷斯的汽车坏了，他被困在郊外。正当他焦急万分的时候，有一个骑马的中年男子路过此地，这位男子用马把雷斯的汽车拉到一个小镇上。当雷斯拿出钱对他表示感谢的时候，这位男子说："我不要求回报，但我要你给我一个承诺：当别人有困难的时候，你也尽力去帮助他。"

　　在后来的日子里，雷斯帮助了许多人，并且没有忘记告诉被帮助的人同样的一句话。

　　4年后，雷斯被洪水困在一个小岛上，一位少年帮助了他，当他感谢少年的时候，少年竟然也说出了那句雷斯永远不会忘记的话："我不要求回报，但我要你给我一个承诺：当别人有困难的时候，你也尽力去帮助他。"雷斯的心里顿时涌起一股暖流。

🦋**大道理：**

　　给我一个承诺，请在困难的时候，请在危机的时刻帮助那些需要帮助的人，无论任何人，无论任何地方，遇到任何事，我们都要守住自己的承诺，把你，把他，把任何身陷困境的人拉出来……爱心是不需要回报的，但爱心是可以传递的。

一杯牛奶的温暖

一天,一个贫穷的小男孩儿为了攒够学费正挨家挨户地推销商品,劳累了一整天的他此时感到十分饥饿,但摸遍全身,却只有 1 角钱。怎么办呢？他决定向下一户人家讨口饭吃。当一位美丽的女子打开房门的时候,这个小男孩儿却有点不知所措了,他没有要饭,只乞求给他一口水喝。这位女子看到他很饥饿的样子,就拿了一大杯牛奶给他。男孩儿慢慢地喝完牛奶,问道:"我应该付多少钱？"年轻女子回答道:"1 分钱也不用付。妈妈教导我们,施以爱心,不图回报。"男孩儿说:"那么,就请接受我由衷的感谢吧！"说完,男孩儿离开了这户人家。此时,他不仅感到自己浑身是劲儿,而且那种男子汉的豪气像山洪一样迸发出来。

其实,男孩儿本来是打算退学的。

数年之后,那位年轻女子得了一种罕见的重病,当地的医生对此束手无策。最后,她被转到大城市医治,由专家会诊治疗。当年的那个小男孩儿如今已是大名鼎鼎的霍华德·凯利医生了,他也参与了医治方案的制定。当看到病历上所写的病人的来历时,一个奇怪的念头霎时间闪过他的脑际。他马上起身直奔病房。

来到病房,凯利医生一眼就认出床上躺着的病人就是那位曾帮助过他的恩人。他回到自己的办公室,决心一定要竭尽所能来治好恩人的病。从那天起,他就特别地关照这个病人。经过艰辛努力,手术成功了。凯利医生要求把医药费通知单送到他那里,在通知单的旁边,他签了字。

当医药费通知单送到这位特殊的病人的手中时,她不敢看,因为她确信,治病的费用将会花去她的全部家当。最后,她还是鼓起勇气,翻开了医药费通知单,旁边的那行小字引起了她的注意,她不禁轻声读了出来：

"医药费＝一大杯牛奶。"

🐢 **大道理：**

一杯牛奶里藏着的是一颗简单而善良的心，它在把爱传递给别人的同时，也为自己赢得了新生的可能。所以，如果你有机会帮助别人，就不要让自己的心冷漠无知，也许你不会获得即时的回报，但也许，在你最需要的时刻，它们会回馈你更大的温暖。

一件宝贵的礼物

有一个叫西格的女人，自从接连生了 3 个孩子之后，就整天烦躁不安。4 岁的孩子整日玩闹，18 个月大的孩子整夜哭叫，还有一个婴儿需要不断地喂奶。那一段日子，西格的精神就要崩溃了，长期的睡眠不足使她无法以正常的心态看待周围的世界，也无法正常地看待自己。她甚至怀疑自己天生就"低能"，连几个孩子都照看不了，以后还能做什么呢？

这时候，她的一个叫海伦的朋友从另外一个城市托人给她带来一份礼物。她打开一看，是一个装饰得很漂亮的陶瓷容器，上面还贴着一个标签，标签上写着："西格的自信罐，需要时用。"罐子里面装着几十个用浅蓝色纸条卷成的小纸卷，每个小纸卷上都写着海伦送给西格的一句话，西格迫不及待地一个个打开，只见上面分别写着：

我珍惜你的友谊；

我欣赏你的执着；

我希望住在离你的厨房 100 英尺远的地方；

你很好客；

你有宽广的胸怀；

你是我愿意一起在一家百货公司转上一整天的那个人；

你做什么事都那么仔细，那么任劳任怨；

……

我真的相信你能做好任何你想做的事情；

我给你提两点建议：第一，当你完成一件自己想干的事情，或者得到别人的称赞和肯定的时候，就写一张小纸条放在这个罐里。第二，当你遇到困难和挫折，或者有点儿心灰意冷的时候，就从这个小罐里拿出几张纸条来看看。

读到这里，西格的眼圈湿了。因为她深深地感觉到，她正被别人爱着，被别人关心着，困难只是暂时的，自己也是很棒的。从那以后，西格把这个"自信罐"摆在最醒目的地方，只要遇到压力和困难，就情不自禁地伸手去摸。

15年以后，西格当了一所幼儿园的园长，很多家长都愿意把孩子送到她这家幼儿园，因为她的自信激发了孩子们的自信。从这所幼儿园走出去的孩子，每个人都有一个"自信罐"。

❀大道理：

当朋友难过的时候，我们应送上温暖的安慰；当朋友哭泣的时候，我们可以借给他一个肩膀；当朋友心灰意冷的时候，最好的关心和爱护，就是教给他自信和坚强。

感恩的心

我的手指还能活动；

我的大脑还能思维；

我有终生追求的理想；

我有爱我和我爱着的亲人与朋友。

"霍金先生,卢伽雷病已经将你永久固定在轮椅上,你不认为命运让你失去了很多的出路吗?"在一次学术报告后,一名记者对数学大师提出这样的问题。大师的脸上充满微笑,用他还能活动的 3 根手指,艰难地叩击键盘后,显示屏上出现了上面 4 段文字。

3 根手指和一个能思维的大脑是霍金身上仅有的能动的部件。这个人生的斗士,这个智慧的英雄,除了他超人的意志之外还靠什么?靠的是爱,还靠的是高科技。没有爱他的人的照顾,卢伽雷病是不会让他活到今天的,也许他在生病之初就与世长辞了。奥斯特洛夫斯基全身不能动弹,但可以说话,才得以口述完成他的巨著。我国史学大师陈寅恪的巨著《柳如是别传》和著名哲学家冯友兰的巨著《中国哲学史新编》,也都是著者在双目失明或双目视物不清的情况下全凭口述而"写"出来的。可霍金只有仅仅 3 根能微弱活动的手指和一双会说话的眼睛,没有计算机,他怎么去表达他的思想,还能将他的智慧发挥出来吗?没有发达的医学,他仅仅能活动的 3 根手指如何总能动弹?没有强大的经济支持,他微弱的 3 根手指又如何能产生伟大的学问?

所以,这个如今完全可以骄傲地面对人生的人,他在回答完那位记者的提问后,又艰难地打出了第 5 句话:"对了,我还有一颗感恩的心!"

✿大道理:

现实生活中的事情往往会事与愿违,使我们不能平静。其实目前我们所拥有的,不论顺境、逆境,都需要我们努力平静地接受。若能如此,我们才能在顺境中懂得感恩,在逆境中依旧心存喜乐。人生不可能一帆风顺,种种失败、无奈都需要我们勇敢地面对、豁达地处理。英国作家萨克雷说:"生活就是一面镜子,你笑,它也笑;你哭,它也哭。"

花 3 分钟感谢

一家日资公司的公关部招聘一位职员,最后剩下了 5 个人。公司通知这 5 个人,聘用谁得由日方经理层会议讨论通过才能决定。

几天后,其中一位的电子邮箱里收到一封信,信是公司人事部发来的,内容是:"经过公司研究决定,你落聘了,但是我们欣赏你的学识、气质,因为名额所限,实是割爱之举。公司以后若有招聘名额,必会优先通知你。你所提交的材料录入电脑存档后,不日将邮寄返还于你。另外,为感谢你对本公司的信任,还随信寄去本公司产品的优惠券一份。祝你开心。"

她在收到电子邮件的一刻,知道自己落聘了,十分伤心,但又为外资公司的诚意所感动,便顺手花了 3 分钟时间用电子邮件给那家公司发了一封简短的感谢信。

但两个星期后,她接到那家日资公司的电话,说经过日方经理层会议讨论,她已被正式录用为该公司职员。

后来,她才明白这是公司的最后一道考题。她能胜出,只不过因为多花了 3 分钟时间去感谢。

大道理:

英国有一句流传广泛的谚语:"感恩是美德中最微小的,忘恩负义是恶习中最不好的。"其实不论得到或失去,懂得感谢,也许生活会有另外的惊喜。正如那位姑娘举手之劳换来了一份期待的工作。要知道,每件事都不会独立地存在,而感谢,是美好生活链条上重要的一环。

感谢你的敌人

一位动物学家对生活在非洲大草原奥兰治河两岸的羚羊群进行过研究。他发现东岸羚羊群的繁殖能力比西岸的强，奔跑速度也不一样，每分钟要比西岸的快 13 米。

对这些差别，这位动物学家曾百思不得其解，因为这些羚羊的生存环境和属类都是相同的，饲料来源也一样，全以一种叫莺萝的牧草为主。

有一年，他在动物保护协会的协助下，在东西两岸各捉了 10 只羚羊，把它们送往对岸。结果，运到西岸的 10 只一年后繁殖到 14 只，运到东岸的 10 只剩下了 3 只，那 7 只全被狼吃了。这位动物学家终于明白了，东岸的羚羊之所以强健，是因为在它们附近生活着一个狼群，西岸的羚羊之所以弱小，正是因为缺少这么一群天敌。没有天敌的动物往往最先灭绝，有天敌的动物则会逐步繁衍壮大。大自然中的这一现象在人类社会也同样存在，汤武因为有残暴的桀纣作敌人而赢得了拥护，刘邦因为项羽而谨小慎微，最后得到了天下。

大道理：

在现实生活中，没有必要憎恨你的敌人，若深入思考一下，你也许会发现，真正促使你成功让你坚持到底的，真正激励你昂首阔步的，不是顺境和优裕，不是朋友和亲人，而是那些常常可以置人于死地的打击、挫折，甚至是死神。

一饭千金

秦朝末年,有个叱咤风云的人物,他便是帮助汉高祖打天下的大将韩信。

韩信是淮阴人,少年丧父,家境贫穷,他既不会种田做买卖,又不能去当官,只能过着游荡的生活。为了填饱肚子,不得不常借故到别人家里去吃饭。他的母亲不久也去世了。

母亲死后,韩信更是游手好闲,四处游荡。有个亭长与他有过往来,他便常常到这个亭长家里去吃饭。亭长的妻子见他常来白吃很不高兴。

有一次,她故意一清早便烧好了饭,早早就吃完了,韩信来了好长时间也不见亭长家吃饭,知道人家不愿留自己吃饭,就愤然离去,发誓再也不去亭长家了。

他时常要饿着肚子,为了能填饱肚子,他常常到淮阴城下的河边去钓鱼。河边有几个老婆婆常在那里洗衣服,日子久了,其中一个看韩信落魄无聊,很同情他,一次家人送来午饭,她便分一点儿给韩信吃,韩信饥不择食,狼吞虎咽地吃了起来。从此,那洗衣婆每次都把饭分给韩信吃。

一次,韩信吃过分来的饭后,向洗衣婆深深施了一礼,激动地说:"承老大娘这般厚待,我永生难忘,将来我得了志,定会报答您老人家的!"

洗衣婆听了,责怪韩信说:"男子汉大丈夫说这种话干什么! 我看你相貌堂堂,好像一个王孙公子,不忍你挨饿,才给你吃点儿饭,哪里想到要你报答!"说罢,拿了洗好的衣服离去。

望着老婆婆的背影,韩信暗下决心:有朝一日发迹了,一定要实现今天的诺言,重重报答这位老人家。

后来，韩信替汉王立了不少功劳，被封为楚王，他想起从前曾受过洗衣婆的恩惠，便命从人把她从淮阴请来，当面向她致谢，并赠给她黄金千两以答谢她。

🐾 **大道理：**

受人的恩惠，切莫忘记，虽然所受的恩惠很微小，但在困难时，即使一点点帮助也是很可贵的；到我们有能力时，应该重重地报答施惠的人才对。

"这条小鱼在乎"

在暴风雨后的一个早晨，一个男人来到海边散步。他一边沿海边走，一边注意到，在沙滩的浅水洼里，有许多被昨夜的暴风雨卷上岸来的小鱼，它们被困在浅水洼里，回不了大海了，虽然大海近在咫尺。被困的小鱼，也许有几百条，甚至几千条。用不了多久，浅水洼里的水就会被沙粒吸干，被太阳蒸干，这些小鱼都会干死的。

男人继续朝前走着，他突然看见前面有一个小男孩儿，走得很慢，而且不停地在每一个小洼旁边弯下腰去……他在捡起水洼里的小鱼，并用力把它们扔回大海。这个男人停下来，注视着这个小男孩儿，看他拯救着小鱼们的生命。

终于，这个男人忍不住走过去说："孩子，这些水洼里有几百、几千条小鱼，你救不过来的。"

"我知道。"小男孩儿头也不抬地回答。

"哦！那你为什么还救呢？谁在乎呢？"

"这条小鱼在乎！"男孩儿一边回答，一边拾起一条鱼扔进大海。"这条在乎，这条也在乎！还有这一条，这一条……"

男人听了,猛然感到了小男孩儿对生命深深的爱意,他要挽救的是每一个他能挽救的生命。

🐾大道理:

小男孩儿善良的心拯救着小鱼的生命。生命无论大小,都是可贵的,都值得我们去珍视,哪怕它小到一棵草,一朵花,都有它存在的价值,我们都不应该忽视它,应该给予它们最多的帮助。一头大象和一个小蚂蚁,它们的生命是同样大小的!

12 次微笑

飞机起飞前,一位乘客请求空姐给他倒一杯水吃药。空姐很有礼貌地说:"先生,为了您的安全,请稍等片刻,等飞机进入平稳飞行后,我会立刻把水给您送过来的。"

15 分钟后,飞机早已进入了平稳飞行状态。突然,乘客服务铃急促地响了起来,空姐猛然意识到:糟了,由于太忙,她忘记给那位乘客倒水了! 当空姐来到客舱,看见按响服务铃的果然是刚才那位乘客。她小心翼翼地把水送到那位乘客跟前,面带微笑地说:"先生,实在对不起,由于我的疏忽,延误了您吃药的时间,我感到非常抱歉。"这位乘客抬起左手,指着手表说道:"怎么回事,有你这样服务的吗?"空姐手里端着水,心里感到很委屈,但是,无论她怎么解释,这位挑剔的乘客都不肯原谅她的疏忽。

接下来的飞行途中,为了补偿自己的过失,每次去客舱给乘客服务时,空姐都会特意走到那位乘客面前,面带微笑地询问他是否需要水,或者别的什么帮助。然而,那位乘客并未消气。

快到目的地前,那位乘客要求空姐把留言本给他送过去,很显然,他要投诉这名空姐。此时空姐心里虽然很委屈，但是仍然不失职业道德，显得非常有礼貌，而且面带微笑地说道："先生，请允许我再次向您表示真诚的歉意，无论您提出什么意见，我都将欣然接受您的批评！"那位乘客眉头一皱，好像要说什么，可是却没有开口，他接过留言本，开始在本子上写了起来。

等到飞机安全降落，所有的乘客陆续离开后，空姐本以为这下完了，没想到，等她打开留言本，却惊奇地发现，那位乘客在本子上写下的并不是投诉信，相反，这是一封热情洋溢的表扬信。

是什么使得这位挑剔的乘客最终放弃了投诉呢？

在信中，空姐读到这样一句话："在整个过程中，你表现出了真诚的歉意，特别是你的 12 次微笑，深深打动了我，使我最终决定将投诉信写成表扬信！你的表现很优秀，下次如果有机会，我还将乘坐你们的这趟航班！"

🌸大道理：

微笑是世上最美丽的花朵，它有无穷的魅力，任何不满在它面前都会被软化。所以，当你想取得别人的谅解时，不妨带上微笑，如果一次微笑不见成效，就来第二次。要把微笑当成一种习惯，这种习惯会使你受用无穷。

财富、成功和爱

一个白须飘然的老人坐在一个妇人家院前歇脚，三人中，一个是"财富"，一个是"成功"，一个是"爱"。妇人邀请他们进屋，三个老者笑呵呵地谢了她，身子却没动。

妇人惑然。三个老人说："我们不能同时进屋呀！不过，你可以去和你的家人商量,看你们最需要我们中的哪一个?"

妇人便进屋把老人的话说了。丈夫惊喜道:"既然如此,我们就邀请财富老人吧,请他进来,让我们的屋里装满财富!"

妇人不同意:"亲爱的,我们为什么不邀请成功老人呢?做一切事情都能成功,那感觉会有多好!"

这时候,儿媳插嘴进来,说:"我们还是邀请爱吧,让我们的家时时处处都充满爱。"

"那我们就听儿媳的吧!"夫妇俩朝儿媳点点头。

于是妇人出门,邀请爱老人进屋做客。谁知爱老人起身,成功老人和财富老人也都跟在后面。妇人感到惊讶:"我们邀请的是'爱',你们两位怎么也一起来了?"

三个老人乐了:"哪里有爱,哪里就有财富和成功!"

🐝大道理:

金钱的富有当然是一种财富,但它未必能经受得住时间的淘洗。而有一种财富永远不会贬值,它就在每个人的心灵银行里,这就是爱心。爱心是一笔永恒的财富,将它与人分享,你的收获会更丰厚。

能给予就不贫穷

教师节那天,一大群孩子争着给他送来了鲜花、卡片、千纸鹤……一张张小脸蛋洋溢着快乐,好像过节的不是老师倒是他们。

一张用硬纸做成的礼物很特别,硬纸板上画着一双鞋。看得出纸是自己剪的——周边很粗糙,图是自己画的——图形很不规则,颜色是自己涂的——花花绿绿的,老师能穿这么花的鞋吗?上面歪歪扭扭地写着:"老师,这双皮鞋送给您穿。"看着署名像是一个女孩儿——这个班级他刚接手，一切都还不是很熟，从开学到教师节，也就是 10 天。

他把"鞋"认真地收起来，礼轻情义重啊！

节日很快就过去了，一天他在批改作文的
时候，看到了这个女同学送给他这双"鞋"的理
由："别人都穿着皮鞋，老师穿的是布鞋，老师
肯定很穷，我做了一双很漂亮的鞋子给他，不
过那鞋不能穿，是画在纸上的，我希望将来老
师能穿上真正的皮鞋。我没有钱，我有钱一定会买一双真皮鞋给老师
穿的。"

这是一个不足 10 岁的小姑娘的心愿，他的心为之一动。但是，她怎
么知道穿布鞋是穷人的标志？

他想问问她。

这是一个很明净的女孩儿，一双眼睛清澈得没有任何杂质。当她站
到他面前的时候，他似乎找到了答案。

他看见了她正穿着一双方口布鞋，鞋的周边开了花，这双布鞋显然
与他脚上的这双布鞋不一样。

于是有了下面的对话：

"爸爸在哪里上班？"

"爸爸在家，下岗了。"

"妈妈呢？"

"不知道……走了。"

他再一次看了她脚上的布鞋，那一双开了花的布鞋。

他从抽屉里拿出那双"鞋"来。这时他感受到这双鞋的分量。

她问："老师，你家里也穷吗？"

他说："老师家里不穷。你家里也不穷。"

"同学都说我家里穷。"她说。

他说:"你家里不穷,你很富有,你知道关心别人,送了那么好的礼物给老师。老师很高兴,你高兴吗?"

她笑了。

"和老师穿一样的鞋子,高兴吗?"

她用力地点点头。

他带着她来到教室,他问大家,老师为什么穿布鞋呢?有的同学说,好看。有的说,透气,因为自己的奶奶也穿布鞋。有的同学说健身,因为自己的爷爷打拳的时候都穿布鞋。很奇怪没有人说他穷。他说穿布鞋是一种风格,透气,舒适,有益健康。

后来这位老师告诉同学们,脚上穿着布鞋心里却装着别人,是最让老师感到幸福的!

❀大道理:

只有富有的人才能给予别人,所以有能力给予的人不会是贫穷的人。而那些只懂得贪婪地索取或者吝啬地占有的人,才是真正贫穷的人。这样的人永远不会获得真正的快乐。

老绅士选男孩儿

有一位非常富有但脾气古怪的老绅士,他想要找一个男孩儿服侍他的饮食起居,帮他做些事情,唯一的要求就是:这个年轻人必须是一个诚实正直的孩子。

这位老绅士经常说这样的话:"向抽屉里偷看的孩子会试图从里面取出点东西,而在年轻时就偷窃过一分钱的人,长大后总有一天会偷窃一元钱。"

很快老绅士就收到二十封求职信,但他要对这些孩子进行考核,只有符合要求的人才能得到这份工作。

最终有 4 个男孩儿来参加最后的面试，他们来到了老绅士那里。老绅士提前准备了一间房子，他要求 4 个人逐一进入这个房子，只要在里面的椅子上安静坐一会儿就行。

查尔斯·布朗第一个进入房间。刚开始的时候他非常安静，过了一会儿，他看见桌子上摆放着一个罩子，好奇心让他很想知道这个罩子下面到底是什么，于是他掀起了罩子。一堆非常轻的羽毛飞了起来，于是他又急忙把罩子放下，可是这下更乱了，其余的羽毛被气流吹得满房间都是。老绅士在隔壁的房间看得很清楚，查尔斯无法抵制诱惑，结果可想而知，查尔斯落选了。

亨利·威尔金斯是第二个进入房间的孩子。他刚一走进去就被一盘诱人的、熟透的樱桃吸引了。"这么多樱桃，吃掉一个，别人是不会发现的。"亨利心想。于是他就拿起了一个最大的樱桃放进了嘴里，但是这个樱桃的滋味可不像他想象的那样，非但不甜，反而非常的辣，他忍不住喊了起来。其实这些樱桃都是假的，里面全是辣椒。亨利·威尔金斯也被打发走了。

接下来的是鲁弗斯·威尔森。他看到桌子上有个抽屉没有锁，其余的都锁着。于是，他决定拉开那个抽屉看个究竟，但是他刚刚把手放在抽屉把手上，就响起了一阵铃声。老绅士气愤地把他赶出了房间。

最后一个进入房间的男孩儿名叫哈里。他在房间的椅子上静静地坐了 30 分钟，什么也没有动。半个小时后，老绅士非常满意地告诉他："诚实的孩子，你被录取了！"

"屋里那么多新奇的东西，难道你不想动一下吗？"老绅士问。

"不，先生，在没有得到允许之前我是不会动的。"哈里回答道。

后来，哈里一直服侍老绅士。当老绅士去世的时候，留给他很大一笔遗产。从此以后，他过上了充实富裕的生活。

一个不诚实的人是不受欢迎的，他很难有立足之地，会处处碰壁。一个诚实的人会得到别人的喜欢，一个诚实的人还一定会有好运气，因为好运气也喜欢诚实的人。

河流和池塘的对话

池塘无所事事，开始与身旁的河流攀谈起来。

池塘对河流说："无论什么时候抬眼望你，你总是在奔流不息。这是怎么回事啊？难道你不感觉到劳累吗？而且我随时都会看到，有时你拖着沉重的货船，有时你运送着长长的木筏，至于你运载的小艇和舢板，更是多得无法统计呀！这种生活你要到几时才会厌弃呢？说真的，要是我，我会苦闷得死去！跟你相比，我的命运要好得多。当然，我没有什么名气，不像你在地图上蜿蜒了整整一页，也没有哪个歌手弹着琴把我颂扬。可是老实讲，这一切毫无实际意义！我躺在岸边柔软的淤泥上，像贵妇人躺在羽毛褥垫上一般无忧无虑，享受这宁静和安逸。我不仅不用担心货船或木排的侵扰，甚至不知道一条舢板有多少重量！如果发生意外，最多是一阵轻风吹落几片树叶，在我的水面上轻轻漂荡。八面来风，我都能纹丝不动，静观着尘世的忙碌，思考生活的哲理。这样悠闲自在的生活哪里去找啊？"

河流回答道："既然你在思考生活哲理，那你是否记得流水不腐的规律？如果说我还算得上是一条大河，

那是因为我放弃了安逸,遵循这个规律奔流不息。我年复一年,用源源不断的清水为人民服务,从而也赢得了尊敬和荣耀。也许我还会奔流很久很久,而那时你将不复存在,被人们完全忘记。"

果然,多年以后,河流仍川流不息;而可怜的池塘则一年不如一年,先是长满密密的水藻和水草,最后竟完全干涸、消失了。

🐝大道理:

肯于奉献,愿意为社会做些力所能及的事情的人,才能得到社会的认可,才能为自己的长足发展奠定良好的基础。

敢跳舞的人

北非某国的国王张榜求贤准备选一个诚实的人,为他征款收税。为了保证这个人对国王尽忠尽力,不贪污,不弄虚作假,谋士们纷纷出谋献策。其中一个谋士对国王说:"陛下,等那些应征者来到宫内,您只要如此这般,我就能从中给您寻觅到最诚实的人。"国王听后连声称妙。第二天,所有应征者都被唤至王宫,应征者看着这富丽堂皇的建筑,啧啧称奇,他们对税官这块肥缺早已垂涎三尺,今天总算有个自由竞争的机会,可国王究竟要考他们些什么呢,谁心中也没有数。

谋士要他们从走廊单独过去见国王。

走廊里光线暗淡。所有应征者都顺利走过走廊,来到国王面前。国王说:"来吧,先生们,拉起手来跳个舞。我想知道你们诸位中,谁的舞姿最优美。"

豪华的宫殿上,吊着蓝色的精巧的大宫灯,灯上微微颤动的流苏,配合着闪光的地板和低低垂下的天鹅绒的蓝色帷幔,给人一种迷离恍惚的感觉,当音乐抑扬疾缓地响起时,绝大多数应征者顿时傻了眼,脸色渐渐由白变红,羞愧难堪。这时,只有一个人毫无顾忌地跳起欢快的舞,显得那么轻松自如。

聪明的谋士指着那个正在翩翩起舞的人说:"陛下,这就是您要找的诚实人。"原来,谋士在光线暗淡的走廊上放了好几筐金币,凡是单独穿过走廊在自己衣袋中装有金币的人,就都不敢跳舞。如果一跳舞,衣袋中的金币就会叮当作响。因此,不敢跳舞的人就不是诚实的人。而那个诚实的人单独穿过走廊时,不会把金币私自装入腰包,当然就不怕跳舞露馅了。

国王走下宝座,拉着那个诚实的人,高兴地说:"你能够不为金钱所动,真是好样的。"

大道理:

丧失了财富,可以说没丧失什么;丧失了健康,等于丧失了某种东西;但当丧失了品德时,就一切都丧失了。世界上最聪明的人是最老实的人,因为只有老实人才能经得起事实和历史的考验。

不能为了节省那1美元

在 一个光明媚的星期六的上午,斯蒂芬带着他的两个小儿子去公园玩耍。

他走到公园售票处,问那里面的工作人员:"请问门票是多少钱?"

年轻的工作人员回答他:"所有满6周岁的人进入公园都需要交1美元,先生。我们这个公园让6岁以下的儿童免费进入,请问你的两个孩子多大了?"

斯蒂芬回答道："我的小儿子 3 岁了,大些的 7 岁了。所以,我想我应该付给你 2 美元,先生。"柜台后的年轻人有点惊讶地说:"嘿,先生,你是不是刚刚中 200 万的彩票大奖?你本来可以为自己节省 1 美元的,即使你告诉我那个大一点的孩子 6 岁的话,我也看不出有什么差别的。"斯蒂芬回答道:"对,你的确不会看出其中的差别,但是我的孩子们会知道这其中的差别的。站在一个父亲的位置上,我有责任不让他们小小年纪就学会去欺骗别人。"

大道理:

在现代社会,诚实和守信往往比任何东西都显得重要和珍贵。不管是在工作还是生活中,你都要保持正直、诚实的品格。

自己动手做木马

木匠的儿子叫约翰,他喜欢自己做玩具,因为他觉得能从中得到乐趣,还有一个重要的原因,就是他的父亲没有足够的钱为他买玩具。

他的玩伴汤姆则认为买来的玩具才漂亮,越是昂贵的玩具越好。有一天,汤姆拿着一个木马来找约翰,对他说:"看啊,这个木马多好呀!是我父亲花 10 美元给我买的。"

"真的是很漂亮!"约翰也禁不住称赞了起来。他也想要一个这样的木马,但他知道除非自己能做一个,否则这个愿望永远也实现不了。

他仔细观察着这个木马,当天晚上就开始为他的木马做准备工作了。整整三天,他都没有出家门,他找好了木料,并削成了满意的形状。

他父亲用一块红色的皮革做成了马缰绳,马蹄子是用废弃的铜片做的。妈妈用一些旧毛线做成了马鬃和马尾。

几天后,他的马终于做成了。每一个看到的人都夸赞他心灵手巧。这样的赞扬使他感到很骄傲,他拿着自己做的木马找到汤姆,喊着说:"这是我的木马,怎么样,不错吧?"

"哦,这匹马比我的还要漂亮,你是在哪里买到的?"汤姆问。

"我一分钱也没有花,这个木马是我用废弃物做成的!"约翰答道。

"你自己做的? 哈哈! 我的马价值10美元,而你的却一文不值!"

"是的,尽管我的马不值钱,但是我却在制作的过程中体会到了快乐! 这是金钱所无法取代的。"说完,他高兴地带着自己的木马回家了。

爱动脑筋的约翰拿到了全学校的最高奖学金。毕业后,他在一家机械厂工作。没过多久,他就拥有了自己的工厂。此时,那个只爱花钱的汤姆却一事无成,还向他的父亲伸手要钱呢。

🐝**大道理:**

金钱虽然很重要,但有些东西却是无法用金钱来衡量的。比如:在自己劳动的过程中体会到的快乐,这种快乐是用金钱买不到的。所以,不要用钱的多少来衡量一个事物的价值。

买报纸

有 两个人到曼哈顿出差,其中一个看到了马路对面有个卖报纸的小摊,就想过去买份报纸,让他的朋友在那里等他。接过报纸后,他发现自己没带零钱,只好递过一张10美元的钞票,对卖报纸的小贩说:"找钱吧。"

谁知小贩一听很不乐意,对他说:"先生,我来上班可不是给人找零钱的。"

当然，这人没有买到报纸，悻悻地回到了马路对面。

这时，他的朋友安慰道："不用急，你在这儿等着，我过去试试。"

朋友来到报摊前，递过同样的 10 美元钞票，对小贩说："先生，对不起，不知您是不是愿意帮我个忙？我是外地来的，想买份报纸，可是身上没有零钱，你看能不能帮我把这 10 美元换开。"

小贩听了他的话，顺手抓起了一份报纸，递给他说："拿去看吧，这次不用付钱了，等以后你有了零钱，再给我就是了。"

🦋**大道理：**

无论是求人办事，还是日常交往，说话时一定要礼貌先行。说话有礼貌，就是对别人的尊重，而只有尊重别人的人，才会获得别人的尊重。

梦想的实现需要实际的行动

五年前，戴尔到南方乡村搞福利工作。他要做的就是让每个人相信自己有自给自足的能力，并激励他们去实现自己的想法。

当戴尔来到一个叫密阿多的小镇后，当地政府帮他召集了 25 个靠政府福利生活的穷人。戴尔和他们一一握手后，问他们的第一个问题是："你们有什么梦想？"每个人都用怪异的眼神看着戴尔，好像他是外星人一样。

"梦？我们从来不做梦。做梦又不能让我们发财。"其中一个红鼻子寡妇回答道。

戴尔耐心地解释道："有梦想不是做梦。你们肯定希望得到些什么，希望什么事情能突然实现，这就是梦想。"

红鼻子寡妇说："我不知道你说的梦想是什么东西。我现在最想赶走野兽,因为它们总是想闯进我家咬我的孩子。"

大家都笑了起来。

戴尔说:"哦!你想过什么办法没有?"

她说:"我想装一扇牢固的、可以防御野兽的新门,这样我就可以出去安心干活了。"

戴尔问:"有谁会做防兽门吗?"

人群中一个有些秃顶的瘸腿男人说:"很多年以前我自己做过门,现在恐怕都不会了,不过我可以试试。"

接着,戴尔问大家还有什么梦想。

一位单亲妈妈说:"我想去大学里学文秘,可是没有人照顾我的 6 个孩子。"

戴尔问:"有谁能照顾 6 个孩子?"

一位孤寡老太太说:"我以前帮助别人带过不少孩子,我想自己能带好那些可爱的小家伙。"戴尔给那个秃顶男人一些钱去买材料和工具,然后让这些人解散了。

一星期后,戴尔重新召集那些穷人。他问那个红鼻子寡妇:"你家的防兽门装好了吗?"

红鼻子寡妇高兴地说:"我再也不用在家守护我的孩子了,我有时间去实现我的梦想了。"

接着,戴尔问秃顶男人感想如何。他对戴尔说:"很多年前我给自家做过防兽门,当时做得也不好,后来我就再也没有做过。这次我想一定要做好,结果真的做好了。许多人都说我很了不起,能做那么结实漂亮的门。"

大道理:

很多梦想真的是可以实现的。很多时候,不是我们自己没有本事,而是我们故步自封,不愿意去尝试,或者不愿意去努力。

你也能拥有属于自己的床

19 岁的伯杰是一个富商的儿子。
一天晚餐后,伯杰正在欣赏深秋美妙的月色。突然,他看见窗外的街灯下站着一个和他年龄相仿的青年,那青年身着一件破旧的外套,清瘦的身材显得很羸弱。

他走下楼去,问那青年为何长时间地站在这里?

青年满怀忧郁地对伯杰说:"我有一个梦想,就是自己能拥有一座宁静的公寓,晚饭后能站在窗前欣赏美妙的月色。可是这些对我来说简直太遥远了。"

伯杰说:"那么请你告诉我,离你最近的梦想是什么?"

"我现在的梦想,就是能够躺在一张宽敞的床上舒服地睡上一觉。"

伯杰拍了拍他的肩膀说:"朋友,今天晚上我可以让你梦想成真。"

于是,伯杰领着他走进了堂皇的公寓。然后把他带到自己的房间,指着那张豪华的软床说:"这是我的卧室,睡在这儿,保证你很舒适。"

第二天清晨,伯杰早早就起床了。他轻轻推开自己卧室的门,却发现床上的一切都整整齐齐,分明没有人睡过。伯杰疑惑地走到花园里。他发现,那个青年人正躺在花园的一条长椅上甜甜地睡着。

伯杰叫醒了他,不解地问:"你为什么睡在这里?"

青年笑笑说:"你给我这些已经足够了,谢谢……"说完,青年头也不回地走了。

30 年后的一天,伯杰突然收到一封精美的请柬,一位自称是他"30

年前的朋友"的男士邀请他参加一个湖边度假村的落成庆典。

在这里,他不仅领略了眼前典雅的建筑,也见到了众多社会名流。接着,他看到了即兴发言的庄园主。

"今天,我首先感谢的就是在我成功的路上,第一个帮助我的人。他就是我30年前的朋友——伯杰……"说着,他在众多人的掌声中,径直走到伯杰面前,并紧紧地拥抱他。

此时,伯杰才恍然大悟。眼前这位名声显赫的大亨特纳,原来就是30年前那位贫困的青年。原来,当伯杰把那个青年带进寝室的时候,青年真不敢相信梦想就在眼前。

🐝大道理:

不管别人给你提供多么优越的条件,都不是属于你自己的;你应该把自己的梦想交给自己,去努力开创真正属于自己的生活!

展开你飞翔的双翅

一天,马克将一只鹰蛋带回到他父亲的养鸡场。他把鹰蛋和鸡蛋混在一起让母鸡孵化。后来母鸡孵化成功。于是一群小鸡里出现了一只小鹰。小鹰与小鸡们一样生活着,极为平静安适,小鹰根本不知道自己不同于小鸡。

小鹰长大了,发现小鸡们总是用异样的眼神看着自己。它想:我绝不是一只平常的小鸡,我一定有什么不同于小鸡的地方。可是它却无法证明自己的怀疑,为此十分烦恼。直到有一天,一只老鹰从养鸡场上飞过,小鹰看见老鹰自由舒展翅膀,顿时感觉自己的两翼涌动着一股奇妙的力量,心里也激烈地震荡起来。它仰望着高空自由翱翔的老鹰,心中无比羡慕。它想：要是我也能像它一样该多好，那我就可以脱离这个偏僻狭小的地方，飞上天空，栖在高高的山顶之上，俯瞰大地和人间。

可是怎么能够像老鹰一样呢？它从来没有张开过翅膀，没有飞行的经验。如果从半空中坠下岂不粉身碎骨吗？犹豫、徘徊、冲动，经过一阵紧张激烈的自我内心斗争，小鹰终于决定甘冒粉身碎骨的风险，展翅高飞。

它终于起飞了，飞到了空中。它带着极度的兴奋，再用力往高空飞翔，飞翔。

小鹰成功了。它这才发现：世界原来这么广阔，这么美妙！

❀大道理：

敢于探索，完全地展示自己的才能，实现了自己追求的人，才能领略到人生的最高的喜悦和欢愉。

未来由自己掌握

科罗拉多大学法学院院长决定，秋季开学后，希尔曼不能再回去上课了，原因是他的成绩太差。

希尔曼的父亲与法学院院长爱德华·金取得了联系，但这没能改变那个决定。金院长说："希尔曼是个非常好的青年人，但他不可能成为一名律师，他最好去找其他职业。我建议他留在他周末打工的那个食品杂货店里。"

希尔曼给院长去了信，申请重读，但杳无音讯。

希尔曼感到心烦意乱。在重大事情上，他从未真正受过挫折。高中时他是个受欢迎的学生，是一个非常受人尊重的足球运动员。不费吹灰之力，他就进入了坐落在博耳德市的科罗拉多大学，并正式被该学校最负盛名的法学院录取。

希尔曼的父亲只有高小文化，他当了40多年铁路邮局办事员。但他热爱学习，同时他知道儿子极想成为一名律师。他建议希尔曼考虑一下威斯敏斯特法律学院，那儿开设晚上课程。

父亲的建议切合实际，同时又强烈地挫伤了希尔曼的自尊。科罗拉多大学是一扇通向法官宝座和声名显赫的律师事务所的大门；而威斯敏斯特则是一所穷人学校，没有享受终身职位的教授，也没有法律权威评论，其学生白天都在打工。

但是，希尔曼最终还是去见了威斯敏斯特学院院长克里福特·米尔斯。

米尔斯看了一下希尔曼的大学成绩报告单，直率地说："在科罗拉多你突出的是体育课、西班牙语课和你的学生组织能力。"

他说得不错。希尔曼好不容易进了大学，却没承担起大学生应尽的义务，缺乏良好的学习习惯，这些终使他自食其果。

米尔斯院长允许希尔曼在威斯敏斯特学院注册入学，但有一个条件，他得重修一年级的所有课程。院长说："我将时刻监督你。"

一扇门关闭了，但别的门向希尔曼敞开了。

因为这是第二次机会，希尔曼加倍努力地学习，并且对法律证据产生了浓厚兴趣。

第二年，教希尔曼一门课程的教授过世了，希尔曼不可思议地应邀接任了他的课程。证据研究后来成了希尔曼的终生专长。

28岁那年，希尔曼成了丹佛市最年轻的乡村法官；而后，当选了地方法院法官；接着被总统任命为美国联邦司法部地方法院法官。后来，他获得了科罗拉多大学颁发的乔治·诺林奖以及授予他的名誉法学博士学位。

与生活中极为重要的事情失之交臂是常有的事,无论是一份工作、一个梦想还是一段友情。希尔曼被法学院勒令退学一事,坚定了他成为一名好法官的决心。通过艰苦的努力,他实现了自己的理想。

🐾大道理:

生活中有着许多无法预测的岔道和无法料想的未来。你要做的是,把握未来,决不被失败所摧垮,决不能任由别人在你实现理想的道路上设置障碍。

做梦的穷人

每天上午 11 点,都会有一辆耀眼的汽车穿过纽约市的中心公园。车里除了司机,还有一位主人——无人不晓的百万富翁。

这位百万富翁发现:每天上午都有一位衣着褴褛的人坐在公园的凳子上死死盯着他住的酒店。有一天,百万富翁对这个人产生了极大的兴趣,他让司机停下车并走到那人的面前说:"请原谅,我不明白你为什么每天上午都盯着我住的酒店看。"

"先生,"穷人说,"我没钱、没家、没住宅,只得睡在这条长凳上,不过,每天晚上我都梦到住进了那家酒店。"

百万富翁觉得很有趣,于是对那人说:"今天晚上我就让你如愿以偿。我为你在酒店订一间最好的房间,并支付一个月的房费。"

几天后,百万富翁路过穷人住的酒店套房,想顺便问一问他是否觉得很满意。然而,他发现那人已搬出了酒店,重新回到公园的凳子上了。

百万富翁来到公园,询问穷人为什么要这样做时,穷人回答道:"一旦我睡在凳子上,我就梦见我睡在那座豪华的酒店,真是妙不可言;一旦我睡在酒店里,我就梦见我又回到了冷冰的凳子上,这梦真是可怕极了,以致完全影响了我的睡眠!"

🐛**大道理:**

　　每个人的心中都会有值得憧憬的美好,但如果虚假地获得这份美好反而会损害它的价值。就像这位做梦的穷人一样,如果继续住在酒店,便要继续患得患失,因而失去了精神上的自足安乐,美好的事也会变得可怕起来。

驴子过河

可　怜的驴子背着几袋沉甸甸的盐,累得呼呼直喘气,可是不得不迈着艰难的脚步向前。

　　突然眼前出现了一条小河。驴子走到河边冲了冲脸,喝了两口水,这才觉得有了力气。他准备过河了,河水清澈见底,河床上形状各异的鹅卵石光光的,看得清清楚楚,驴子只顾欣赏美景,一不留神蹄子一滑,"扑通"一声,摔倒在小河里,好在河水不深,驴子赶紧站了起来。奇怪!他觉得背上的分量轻了不少,走起来再也不感到吃力了。驴子很高兴:"看来,这河水是魔水,我得记住:在河里摔一跤,背上的东西便会轻了许多!"

　　不久,又运东西了,这次驴子驮的是棉花。装棉花的口袋看起来很大很大,可分量并不重,驴子驮着几大袋棉花,走起来显得很轻松。啊!前边又是那条小河了,驴子想起了上次那件开心的事,心里真是高兴:"背上的几袋棉花虽说不重,可再轻一些不是更好吗?"于是,他喝了几口水,向河里走去。到了河心,他故意一滑,"扑通"一声,又摔倒在小河里。这次驴子可不着急,他故意慢腾腾地站了起来。哎呀,太可怕了,背上的棉花变得好沉呀!比那可怕的盐袋还沉几倍。

驴子好不容易走上岸,却不明白为什么河水能让重的变轻,也能让轻的变重。

🐚大道理:

没有一成不变的事物,也没有放之四海而皆准的真理,必须变化地去看事物,抱着旧观念、旧框框去看待新情况,必然是行不通的。

只有付出努力,才会有想要的结果

有 一位幽默大师,深得观众喜爱,演出时只要他一上场,大家准会乐得捧腹大笑。

大师门下收有很多弟子,名师出高徒,弟子们大多也已功成名就。

到了晚年,大师身体日渐衰老。弥留之际,他把弟子们召到床前,说:"都打起精神来,有件事情要拜托你们。"

闻听此言,弟子们一个个竖起了耳朵。

大师道:"我这辈子最快乐的事情,莫过于听到观众的掌声。如果你们能用最热烈的掌声来给我送葬,为我的人生做最后一次谢幕,那我死也瞑目了。"

弟子们全都惊呆了:谁听说过有这样的送葬仪式?可是看大师的神情,又不像是在开玩笑。

看到弟子们为难的样子,大师说:"我天生就是要给人们带来欢乐的,假如离开这个世界的时候让大家为我痛哭,那就完全违背了我的意愿。"

弟子们面面相觑，谁都不敢说话。

大师生气了："你们随我从艺多年，现在本事都在我之上，连这点小小的愿望你们都不能满足我？"

大师都说到这个份儿上了，弟子们只好勉强答应。

事后，弟子们心里越想越不对。如果大师去世，无疑会给人们带来巨大的悲痛，到时候反而给大师鼓掌，除非以后自己别想再登台，否则观众不把你轰下来才怪。可大师的话又不能不听，弟子们始终拿不出一个好主意，最后只能约定，到时候不管公众反应如何，他们一定不顾一切地鼓掌，谁不鼓掌谁就不能再做大师的弟子。

没多久，大师辞世了。送葬那一天，万人空巷，送葬队伍绵延几十里。

弟子们开始还一路上拼命寻找能替大师鼓掌的机会，可离大师下葬的墓地越近，他们的心情越悲伤。后来到下葬时刻来临之际，眼看着大师的棺木徐徐进入墓坑，弟子们意识到以后再也看不到大师的表演了，不禁失声痛哭起来。一传十，十传百，全场顿时哭声雷动，悲痛的气氛达到了高潮。

直到葬礼结束，弟子们的心情才渐渐平静下来，他们这才想起，他们已经把大师的要求完全抛到了脑后，不禁感到一阵阵揪心的难过。

第二天，当地媒体以《欢乐之神》为题，对大师盛大的葬礼进行了详细报道，并应大师家属的要求，公开发表了大师的遗嘱。大师在遗言中有这么一段话："作为演员，我非常渴望观众的掌声，我把它看作是对我演艺事业最高的奖赏。但是，掌声是不能强求的，只有尊重观众的情感，让他们真正感到快乐，才能得到他们发自内心的真正的掌声。"

弟子们终于悟出了大师的良苦用心：所谓拜托之言，其实是他在为弟子们上最后一课——掌声不能强求，掌声出自内心。

从此，他们在表演上更加精益求精。

🐝大道理：

在生活中，不管想得到什么，都不能试图仅仅通过向别人提出要求就得到，而是要付出必要的努力。只有付出艰辛的努力，才能得到你所向往的一切。

具备出人意料的智慧

威勒是 18 世纪美国最负盛名的房地产商和银行家。但他在发迹之前不过是一家银行里一个普通的职员。他本来是在一个亲戚的店铺里帮忙，因为勤快肯干，深为亲戚信任，就让他负责跑银行的业务。因为经常到银行去，同银行里的人就熟悉了。银行老板看他机灵诚实，决定聘请他做银行的职员。在银行里，威勒的才华很快显露出来，很快升为主管，负责对房地产方面的投资。

18 世纪正是美国历史上大规模的开发建设时期，房地产开发炙手可热。在华盛顿的近郊有一块地皮，威勒认为有无限的开发前景，应该买下来。银行里其他的同事没有人同意他的观点，他们认为那里偏僻荒凉，不会有开发的前景，投进去很可能就烂在了那里。但是威勒凭自己的看法认为，美国的经济正在进入大发展的时期，无数的农民涌到城市里来，华盛顿用不了几年就人满为患，就必须扩大城市规模，而那块地皮无论从哪个方面说都是开发建设的首选。同事们不以为然。

老板也拿不准，但是凭着自己对威勒的信任，决定让威勒放手去买这块地皮，并负责那里的开发。

也就在威勒买下地皮,办完有关的法律文件,刚刚开始开发的时候,华盛顿市政府做出了一个决定,要在那里兴建新的商业中心,发展为华盛顿的新城。威勒一年前买下的地皮在一夜之间飞涨了10倍。所有的同事都对威勒佩服得五体投地。

威勒的这一个决定让银行老板一夜之间挣了数百万美元。老板为了表彰威勒,特别奖励了威勒10万美元。

在那个时候的美国,拥有10万美元已经是了不起的事情。威勒决定以这些资金为资本,自己干一番事业。他从自己熟悉的房地产开始,逐步扩大到许多行业,后来成为美国著名的房地产开发商和银行家。

威勒成功的秘诀,就在于一个机会还没有显示出它的价值的时候,当别人都不以为然的时候,他凭借自己的能力和智慧,提前一步发现了它潜在的趋势。

❀大道理:

生活中很多人投资都失败了,原因是他们到了其他人都发现了它的价值的时候才发现它。只有当其他的人都不认为它有投资价值的时候,才会有机会来临。

挤时间

伟大的思想家、革命家、文学家鲁迅成功的一条重要经验就是珍惜时间。鲁迅12岁在绍兴读私塾的时候,父亲正患着重病,两个弟弟年纪尚幼,鲁迅不仅经常上当铺,跑药店,还得帮助母亲做家务。为了避免影响学业,他必须作好精确的时间安排。

之后,他的整个一生都是在抗日战争时期。他说:"时间,就像海绵里的水，只要你挤，总是有的。"鲁迅正是善于挤时间、支配时间的勤奋者。鲁迅十分喜欢读书，又喜欢写作，他对于民间艺术，特别是传说、绘画，也非常爱好。正因为他广泛涉猎，多方面学习，所以时间对他来说，实在非常重要。他一生多病，工作条件和生活条件都不好，但他每天都要工作到深夜，第二天起床后，有时连饭也顾不得吃，又开始工作，一直到吃晚饭时才走出自己的工作室，实在困了，就和衣躺到床上打个盹，醒后泡一碗浓茶，抽一支烟，又继续写作。

鲁迅习惯以各种形式鞭策自己珍惜时间。在鲁迅卧室里的墙上挂着勉励自己珍惜时间的对联及最崇敬的人。

鲁迅曾说："美国人说，时间就是金钱，但我想，时间就是生命，无端空耗别人的时间，其实是无异于谋财害命的。"而鲁迅最讨厌的就是那些"成天东家跑跑，西家坐坐，说长道短的人"。在他忙于工作的时候，如果有人来找他聊天或闲扯，即使是很要好的朋友，他也会毫不客气地对人家说："唉，你又来了，就没有别的事好做吗？"

🐾大道理：

时间对任何人都是公正的。有志者，勤奋者，善于去争，去挤，它就有；闲人，懒汉，不去争，不去挤，它就没有。平时的学习和生活中，一定要鞭策自己，像鲁迅先生一样养成挤时间、惜时间的好习惯。

抓住万分之一的机会

有 一次，约翰·甘布士要乘火车去纽约，但事先没有订妥车票，这时恰值圣诞前夕，到纽约去度假的人很多，因此火车票很难购到。

甘布士夫人打电话去火车站询问：是否还可以买到这一次的车票？

车站的答复是：全部车票都已售光。不过，假如不怕麻烦的话，可以带着行李到车站碰碰运气，看是否有人临时退票。车站反复强调了一句，这种机会或许只有万分之一。

甘布士欣然提了行李，赶到车站去，就如同已经买到了车票一样。

夫人关怀备至地问道："约翰，要是你到了车站买不到车票怎么办呢？"

他不以为然地答道："那没有关系，我就好比拿着行李去散步了。"

甘布士到了车站，等了许久，退票的人仍然没有出现，乘客们都川流不息地向站台涌去了。但甘布士没有像别人那样急于离开，而是耐心地等待着。

大约距开车时间还有 5 分钟的时候，一个女人匆忙地赶来退票，因为她的女儿病得很严重，她被迫改坐以后的车次。

甘布士买下那张车票，搭上了去纽约的火车。

到了纽约，他在酒店里洗过澡，躺在床上给他太太打了一个长途电话。

在电话里，他轻松地说："亲爱的，我抓住那只有万分之一的机会了，因为我相信一个不怕吃亏的笨蛋才是真正的聪明人。"

后来，甘布士成了全美举足轻重的商业巨子。

他在一封给青年人的公开信中诚恳地说道："亲爱的朋友们，我认为你们应该重视那万分之一的机会，因为它将给你带来意想不到的成功。有人说，这种做法比买奖券的希望还渺茫。这种观点是有失偏颇的，因为开奖券是由别人主持，丝毫不由你主观努力；但这种万分之一的机会，却完全是靠你自己的主观努力去完成。"

大道理：

有这样一句谚语："通往失败的路上，处处是错失了的机会；坐待幸运从前门进来的人,往往忽略了从后窗进入的机会。"机会与我们的成败休戚相关,对于时机的把握,完全可以决定一个人是否能够有所建树。

目标要专一

拉马克于1744年8月1日生在法国的毕加底,他是兄弟姊妹11人中最小的一个,也最受父母宠爱。拉马克的父亲希望他长大后当个牧师,就送他到神学院读书。

后来,由于德法战争爆发,拉马克当了兵,因病退伍后,他爱上了气象学,想自学当个气象学家,于是整天仰首望着多变的天空。

再后来,拉马克在银行里找到了工作,想当个金融家。

很快的,拉马克又爱上了音乐,整天拉小提琴,想成为一个音乐家。

他的一位哥哥劝他当医生,拉马克学医4年,可是对医学没有多大兴趣。

正在这时,24岁的拉马克在植物园散步时遇上了法国著名的思想家、哲学家、文学家卢梭,卢梭很喜欢拉马克,常带他到自己的研究室里去。在那里这位"南思北想"的青年深深地被科学迷住了。

从此,拉马克花了整整11年的时间,系统地研究了植物学,写出了名著《法国植物志》。拉马克35岁时,当上了法国植物标本馆的管理员,又花了15年,研究植物学。当拉马克50岁的时候,开始研究动物学。此后,他为动物学贡献了35年的时间。

也就是说,拉马克在24岁以前,虽然做过很多事,但一无所成。从24岁起,他集中精力,目标专一,用了26年时间研究植物学,35年时间研究动物学,于是,拉马克成了一位著名的博物学家。

卡莱尔说："即使是最弱的人,只要集中其精力于单一目标,也能有所成就;反之,最强的人,分心于太多的事务,也可能一无所成。"

用智慧打败对手

一个法国学者去非洲参与动物保护工作。那里有一种犀牛,因为"全身是宝"而遭到土著的追杀,他看到此景,心中十分悲痛。

一天,他随当地全副武装的巡逻队去森林考察,碰上三人偷猎。巡逻队迅速包围了他们,用喇叭喊话,勒令他们放下武器。偷猎者哪里会轻易投降呢? 抱着武器寻找突破口。情急中,有个偷猎者率先开枪,打伤一名巡逻队员。这下激怒了大伙儿,巡逻队也举起武器还击。激战约5分钟,偷猎者知道自己势单力薄,竖起白旗投降了。

令人振奋的是,这三个被捕者中有一个就是早已挂上号的"偷猎大队长"。此人凶悍且狡猾,一直与巡逻队周旋,两年来让他们头疼不已。回到驻地,许多巡逻队员冲上来要揍"偷猎大队长",他竟然镇定地望着他们,没有惧怕的样子。遗憾的是,那个国家的法律并没有明确规定偷猎者要坐牢,所以这3个偷猎者只是被分别关押在巡逻队的黑屋子里。

开始那几天,总是有巡逻队员结伴找到"队长",将他打得鼻青脸肿。法国学者听说了,赶去劝阻,却没有什么效果。更令学者惊慌的是:没有被抓获的偷猎者居然用金钱来巡逻队"活动",以"营救"被捕的同伙。而巡逻队得到"好处"后,真的想放人了! 学者与巡逻队交涉,最后只得到一个许可:让他与"队长"同住黑屋子,10天后准时放人。

这10天是在"教育"中度过的,因为学者带了许多书籍、图片甚至一台录像机进去。外面的人除了定时给他们送饭、放风外,什么也不管。到了放人那天,凶悍且狡猾的"队长"一反常态,与大家握手道别,还保证以后不再干偷猎行当——谁相信呢?

事实证明"队长"没有违反诺言,那块地方除了零散的偷猎者,再也没有一支有组织有纪律的偷猎队出现过。

胜利属于那位法国学者。

🐾大道理:

在这个世界上,用武力打败对手并不是最聪明的做法;采取不战而屈人之兵的策略,用你的观念打败他的观念,才是最明智的选择。

敲动生命的大铁球

一位世界第一的推销大师,在他结束推销生涯的大会上吸引了保险界的 5000 多位精英参加。当许多人问他推销的秘诀时,他微笑着表示不必多说。

这时,全场灯光暗了下来,从会场一边出现了 4 名彪形大汉。他们合力抬着一个铁架走上台来,铁架下垂着一只大铁球。当现场的人丈二和尚摸不着头脑时,铁架被抬到讲台上了。

那位推销大师走上台,朝铁球敲了一下,铁球没有动,隔了 5 秒,他又敲了一下,还是没动,于是他每隔 5 秒就敲一下。这样如此持续不断,铁球还是动也没动,台下的人开始骚动,陆续有人离场而去,但推销大师还是静静地敲铁球,人越走越多,留下来的所剩无几。

终于,大铁球开始慢慢晃动了,经过 40 分钟后,大力摇晃的铁球,就算任何人的努力也不能使它停下来。

最后，这位大师面对仅剩下来的几百人，介绍了他一生的成功经验：成功就是简单的事情重复去做。以这种持续的毅力每天进步一点点，当成功来临的时候，你挡都挡不住。

🐾**大道理：**

简单的动作重复做，简单的话反复说，这就是成功的秘诀。简言之，成功其实很容易，就是先养成成功的习惯。世界上最可怕的力量是习惯，世界上最宝贵的财富也是习惯。

徐文长倒背《万年历》

明朝窦太师，才高八斗，学富五车。有一次，皇帝问他："卿识字几何？"窦太师回答："字如牛毛，臣识一腿。"皇帝想：论牛毛，腿上最多最密，这样看来，他识字之多就可想而知了。当场试了些难字，他果然个个认得。皇帝大喜，特赐给他一块"天下无书不读"的金牌。

窦太师回到绍兴后，每次逛街过市，总把这块御赐金牌挂在轿前，鸣锣喝道，耀武扬威，自以为文章压倒天下。

这天，正是炎热盛暑，徐文长听说窦太师要路过，就赤身露胸，睡在东郭门内的官道当中。"当当……"鸣锣喝道的声音渐渐近了。头牌执事看到有人睡在官道上，禀告窦太师说："有个小伙子挡官拦道！"窦太师听说有拦道的，吩咐停轿，自己出来看看。只见那拦道的睡得正熟，窦太师就连忙把他叫醒。徐文长故作恭敬地站在一旁，等候发落。

窦太师开口问道："你睡在热石板上做什么，难道不怕皮肤晒焦吗？"

这时，徐文长却故意问窦太师："你那块金牌上的六个大金字，做何解释？"

窦太师听得问起金牌，马上得意地说："皇上晓得我读遍天下的书，才特地赐我这块'天下无书不读'的金牌！"

徐文长接着又问："那么，太师爷，你'时宪书'（历书）总该熟读吧？"

窦太师被问得目瞪口呆，暗想不要说熟读，就是连书名也没有听到过！

徐文长见时机已到，便把早已准备好的《万年历》拿出来，递给窦太师说："太师没读过，学生倒会背。"接着，就背诵起来，背得既流畅，又纯熟。

那窦太师果然也聪颖，真是过目不忘，等徐文长背好，他也已经记住，立刻也背了出来。但徐文长说："太师能背，极好，不过这只是顺背，学生还能倒背呢！"说罢，就把《万年历》从尾到头，倒背了起来。

窦太师对着书，听徐文长倒背完毕，自己却背不出，只好呆呆地站在一旁。过了一会儿，徐文长问道："太师既然有书未读，背书不熟，那么这块金牌将如何发落？"

窦太师尴尬万分，只好当着众人说："卸了吧！"

🐛大道理：

一些有本事的人总喜欢显摆自己，唯恐别人不知道自己多么有本事，总觉得自己很了不起，没有人能够比得上。其实，就算真有很大的本事，也不要总是炫耀。

装作博学多识的人

楚 邱地方有一个文人博学多识。一天，他得了一个形状像马的古物，造得十分精致，颈毛与尾巴俱全，只是背部有个洞。楚邱文人怎么也想不出它究竟是干什么用的，就到处打听，可是问遍了街坊远近许多人，都没一个人认识这是什么东西。只有一个号称见多识广、学识渊博的人听到消息后找上门来，研究了一番这古物，然后慢条斯理地说："古代有犀牛形状的酒杯，也有大象形状的酒杯，这个东西大概是马形酒杯吧？"楚邱文人一听大喜，把它装进匣子收藏起来，每当设宴款待贵客时，就拿出来盛酒。

有一次，仇山人偶然经过这个楚邱文人家，看到他用这个东西盛酒，便惊愕地说："你从什么地方得到的这个东西？这是尿壶呀，也就是那些贵妇人所说的'兽子'，怎么可以用来做酒杯呢？"楚邱文人听了这话，脸噌地一下红到了耳朵根，羞惭得恨不得立刻在地上挖个洞钻进去，赶紧把那古物扔得远远的。世上的人为此全都嘲笑他。

明明不学无术，却偏要装作博学多识的人，最终只能自欺欺人，出尽洋相。

✿大道理：

"说老实话，办老实事，做老实人"是每个人都应该奉行的为人之道。那些企图依靠吹嘘或欺骗手段争得名利的人，常常会出尽洋相，得不偿失。

流通体现价值

这是一个规模很小的食品公司，生产资金只有十几万。但老总却很有信心，在单位的文化墙上写着要做这座城市辣酱第一品牌的豪言壮语，时刻激励着员工的信心。辣酱上市之前，老总寻思着给辣酱做宣传广告。他本来想在这座城市选个热闹的街头租一个超大的、显眼的广告牌,但是当他和广告公司接触后,才发现市中心广告的价位远远高于他的想象,根本不是他那小小的企业所能承担的。

可是他并没有失望,而是不停地到处打探,试图能发掘出哪里有便宜而且实惠的广告位置。经过反复寻找,他终于看好一个城门路口的广告牌。那里是一个十字路口,车辆川流不息。但有一点遗憾就是,路人行色匆匆,眼睛只顾盯着红绿灯和疾驶的车辆,在这里做广告很难保证有很好的效果。打探了一下价格,几万元。老总却很满意,于是就租了下来。

对于老总这个举措,员工们纷纷提出质疑,但老总只是笑而不答,仿佛一切成竹在胸。旧广告很快撤下来,员工们以为第二天就能看到他们的辣酱广告了。然而,第二天,员工们看到广告牌上根本就没有他们的辣酱广告,上面赫然写着:"好位置,当然只等贵客。此广告招租88万/全年。"

天哪,这样的价格该是这座城市最贵的广告位了。天价招牌的冲击力似乎毋庸置疑,每个从这里路过的人似乎都不自觉地停住脚步看上一眼。口耳相传,渐渐地,很多人都知道了这个十字路口中有个贵得离谱的广告位虚席以待,甚至当地媒体都给予了极大关注……

一个月后,"爽口"牌辣酱的广告登了上去。

辣酱厂的员工终于明白了老总的心计,无不交口称赞。辣酱的市场迅速打开,因为那"88万元/全年"的广告价早已家喻户晓,"爽口"牌辣酱成了这座城市的知名品牌。

老总把原先的口号擦去,换成了要做中国第一品牌的口号。一位员工问他:"我们还不是这个城市的第一品牌,为什么要换呢?"老总意味深长地回答说:"价值只有在流通中才能得以体现,但价值的标尺却永远在别人手中。"

别人永远不会赋予你理想的价值，你必须自己主动去做一块招牌，适当地放大自己的价值。这依靠什么？当然得依靠过人的智慧和思维。

一堂创造性思维课

老师："同学们，今天教怎样进行创造性思维。"

全体学生鼓掌！

"创造性思维就是创新，就是要突破前人的常规方法与习惯思维，创造出前人没有用过的方法。下面先举伟大数学家高斯创新的例子：

小学时，老师叫学生计算：$1+2+3+4+\cdots+100$，当时所有的学生，包括数学家，都是依次相加计算，而高斯突破常规，采用$(1+99)+(2+98)+\cdots+(49+51)+50+100$，新的（凑一百）组合顺序来计算，这就是创造性思维。你们觉得奇妙吗？"

学生 A："老师，我不感到奇妙，这种方法我们从小就学会了。能否教我们一个更创新的方法？"

老师："不可能，高斯是最伟大的数学家之一，我们怎能与他比？"

学生 B："老师，我也有新方法，$(1+100)+(2+99)+\cdots\cdots$"

"这是高斯方法的演变。"老师回答。

"老师，我有新方法，个位数之和$(1+2+3+\cdots+9)$乘 10，十位数之和乘 $100\cdots\cdots$"

"老师，我有$\cdots\cdots$"

"同学们，不要白费心机了，当代数学家都公认高斯的方法是最简便的，你们小学生能超过当代数学家吗？"

"老师,让我们创一创,我们会比'高斯'还'高思'。"全体学生都笑了。

"别浪费时间了,我们讲新的内容……"可是同学们不理老师,继续乱嚷。

一个调皮生大叫:"我突破常规,一百个数先都乘以 2,再……"

"不对,不对,"又一个调皮生说,"一百个数都除以 10……"

又有学生叫:"一百个数都先加 100……"

"不行,一百个数都先减 100……"

老师:"全是乱弹琴,没有一点规律,静下来!"

但仍听到调皮生 C 讲出最后几个字:"每个数都减 50"。

片刻,一个优秀生不顾一切地站起来大声说:"老师,我有了一种比高斯更奇妙的方法,把 1、2、3、…、100 在数轴上各向左移动 50 个单位长度,总数缩小了 $100×50=5000$,然后一百个数正负相抵,不用算,就只剩下 $50,50+5000=5050$。"

一阵沉默,接着一片欢呼:"高斯、高思、创思、创新……"

面对学生,老师脸上红一阵,白一阵,做了几十年老师,在"创思"这一关键问题上却被学生上了一课,学生成了老师。

🐾大道理:

不迷信权威,不妄自菲薄,既善于借鉴前人经验,又善于创新、敢于大胆突破的人,才能有所发现、有所创造。

从沼泽地安全出来的旅客

一个下雪的晚上,农村有一户人家,半夜里听到有人敲门。主人好奇,这么晚了,又是大雪夜,会有谁呢?开了门,发现是一名迷了路的旅客。

主人赶紧把他迎进屋内,屋主惊叹地说:"哎呀!你真是幸运,你刚刚走过的路,其实是一片沼泽地,上面只有一层薄冰。这里的人,从来就不敢走过去!"

旅客听后感觉是一片寒意:刚刚若是踏破薄冰,不是早就葬身沼泽之地了吗?

屋主继续说:"这儿前几天同样是下雪。一位邻居,被一群野狼追袭,同样的地方,邻居知道那是一个结着冰的沼泽地,所以不敢涉足过去,不幸的,他就死在野狼的口里……"

大道理:

经验能使我们少走弯路;经验有时也可能是负担。在某些时候,只有敢于突破经验,大胆地去尝试,才能突破障碍,有效地解决问题。

怎样把业绩提升上去

查理是许多公司的企管顾问,他在工作中的绝招就是"问问题"。

有一次,一家专门在欧洲机场做咖啡餐饮的连锁公司,请查理来帮忙,想找出提升业绩的答案。查理把几个机场的店长找来,然后开始问问题。

"你们感觉业绩不能提升的最大问题是什么?"

"人太多。"其中一个店长说。

"什么意思?"

"就是店里老是客满。"

"客满有什么问题?"

"你知道,在机场的旅客进到咖啡店,一屁股坐下来就不动,一直等到要登机,才会起身。中间他不会多点东西,他只是占着位置……"

　　"对,其他客人也进不来,所以店里老是客满,看起来好像生意很好,其实业绩不佳。"另一个店长附和着。

　　"好,问题是旅客占着位子不走。那怎么办? 怎么让客人快点走呢?"

　　"把椅子换成硬的,让他坐得不舒服,这样就待不久。"

　　"我的办法是盯住客人,只要他杯子一空,就过去清桌子……"

　　"如果客人不动呢?"

　　"我刚才没说完,接着问他要不要再点什么?"

　　"如果他说:'不要,谢谢!'怎么办?"

　　"那就叫每个服务员每隔 30 秒,就过去问他要不要再点什么?"

　　"再不行,就叫最丑的恐龙妹服务员去问他要不要点东西!"

　　"可是你们的女服务员不都是漂亮妹妹吗?"

　　"那就每店雇一个恐龙妹!"

　　"不,说正经的,我认为可以在每张桌上装个定时器,坐超过时间就加钱,跟出租车一样,时间也算钱嘛!"

　　"不,这不实际,我认为只要加收座位的桌钱,很多人就会选择站着吃喝,吃喝完就走人。""不,加收不好,不如把带走吃的算便宜点……"

　　大家你一言我一语,查理眼看快不可收拾了,赶快拉回正题,说:"好,大家刚才说的都是要做什么才能让客人早点离开。有没有不做什么,就可以达到效果的?"

　　"不做什么? 关店不卖吗?"

　　"有点接近了,你们有没有注意客人在店里,眼睛都在看哪里?"查理提示。

"看漂亮妹妹啊!"

"还有呢?"

"对啦,客人最常看着'航班显示机'的电视嘛!"

"客人在咖啡店里,都是等着要登机。如果有'航班显示机',他们就会安心等待,不怕搞不清楚状况。"

"所以,如果把'航班显示机'关掉,假装坏掉,他们便坐不安心,一定坐不久的。""一直都关掉吗?""不,等客人少了,便把显示机打开,其他的客人就会进来。""然后呢?""等人多了,再把显示机关掉,假装故障。""各位,你们真是一流的店长,我想我们找到答案了。"查理很是兴奋。这家机场连锁餐饮公司就靠着假装故障的航班显示机,业绩果然大增。

🐾 **大道理:**

解决困难的最好办法就是不断地提出问题。找不到答案的时候就找问题,问题找到了,答案自然就出来了。这是工作的方法、思考的方法。

袭击美国的一场飓风

1938 年 9 月 21 日,一场异常凶猛的飓风袭击了美国的东部海岸,美国著名历史学家威廉·曼彻斯特在他的名作《光荣与梦想》中记载并描述了这场罕见的风暴。书中写道:"下午 2 点 30 分,海水骤然变成了一堵高大的水墙,以迅猛之势,向巴比伦和帕楚格小镇(位于纽约长岛)之间的海滩劈头压来。第一波海浪的威力如此之大,以至于阿拉斯加州锡特卡的一台地震仪上都记录下了它的影响。在袭击的同时,飓风携带着巨浪以每小时超过 100 英里的速度向北挺进。这时,水墙已经达到近 40 英尺高。长岛的一些居民手忙脚乱地跳进他们的轿车,疯狂地向内陆驶去。没有人能精确地知道,有多少人在这场生死赛跑中因为输掉了比赛而失去了生命!幸存者后来回忆道,一路上人们都将车速保持在每小时 50 英里以上。"

其实,当地气象学家们已预测到了这场飓风的规模和到来的时间,但因为一些不便公开的原因,气象局并没有向公众发出警告。事实上,绝大多数的居民通过家中的仪器或者通过其他渠道都可以获知飓风即将来临。但由于作为权威部门的气象局并没有发出任何预报,居民们都出人意料地对即将到来的大灾难漠然视之——如果说预报员这次变成了盲人,那么,全体居民也都跟着什么也看不见了!

后来,许多令人吃惊的故事被披露出来,这里有一个长岛居民的经历:

早在飓风到来前几天,他就到纽约的一家大商店订购了一个崭新的气压计。9 月 21 日早晨,新气压计邮寄了过来。令他恼怒的是,指针指向低于 29 的位置,刻度盘上显示:飓风和龙卷风!他用力摇了摇气压计,并在墙上猛撞了几下,指针也丝毫没有移动。气愤至极的他,立即将气压计重新打包,驾车赶到了邮局,将气压计又邮寄了回去。

当他返回家中的时候,他的房子已经被飓风吹得无影无踪了!

这就是绝大多数当地居民采取的方式:当他们的气压计指示的结果没有得到权威部门的印证时,他们宁愿诅咒气压计,或者忽略它,或者干脆扔掉它!

🐝大道理:

在生活中,要尊重事实,不要迷信权威;要用自己的头脑去思考,去判断,去发现,不要轻易怀疑自己的能力。

两只修网的蜘蛛

一座破旧的庙里住着两只蜘蛛，一只在屋檐下，一只在佛龛上。一天，旧庙的屋顶塌掉了，幸运的是，两只蜘蛛没有受伤，他们依然在自己的地盘上忙碌地编织着蜘蛛网。没过几天，神龛上的蜘蛛发现自己的网总是被搞破。一只小鸟飞过，一阵小风刮起，都会让它忙着修上半天。它去问屋檐下的蜘蛛："我们的丝没有区别，工作的地方也没有改变，为什么我的网总会破，而你的却没事呢？"屋檐下的蜘蛛笑着说："难道你没有发现我们头上的屋顶已经没有了吗？"

大道理：

对漏洞修补自然很重要，但了解漏洞产生的原因更重要。如果不采取标本兼治的手段，只解决表面的问题，就产生不了良好的效果。

标准答案

老李从报纸上看到一个脑筋急转弯，吃晚饭时就想考考儿子。

老李问儿子："有一个女孩儿从海边的沙滩上走过，她的身后为什么没有脚印？"

儿子顿了顿问："当时天黑了吗？"

老李说："这跟天黑有什么关系？"

儿子回答说："如果天黑了，连人都看不见，自然看不到沙滩上的脚印。"

儿子说得有点儿道理,老李只好说天没有黑。

"那么,是黄昏的时候吧?"儿子接着问。

老李有点儿不耐烦了:"这有关系吗?"

"如果是黄昏,开始涨潮了,潮水就把脚印冲刷掉了。"

老李耐着性子说是中午,心里想这回儿子可该说出答案了吧,没想到儿子继续问:"这个女孩儿是个杂技演员吗?"

老李简直有点恼火了:"这也有关系啊?"

儿子不紧不慢地说:"当然,如果她是个杂技演员,那么她可能是用两手在沙滩上行走,沙滩上只有手印,没有脚印。"

老李强压怒火尽量克制自己说:"她不是杂技演员。"

"那么就只有两种可能了,一是她在水中走……"

没等儿子说完,老李便忍无可忍地喊道:"她没有在水中走!"

"那么就只剩下一种可能,她是倒退着走,脚印在她的前面,而身后没有脚印。"儿子终于说出了老李所期望的"标准答案"。

🌸大道理:

现实生活中并不存在什么标准答案。不同的人分析同一问题会有不同的结果,我们一定要注意开阔思路,同时不要轻易否定别人。

青蛙与蜗牛

有 一只蜗牛总是对一只青蛙很有成见。

有一天,忍耐许久的青蛙问蜗牛说:"蜗牛先生,我是不是有什么地方得罪了你,所以你这么讨厌我。"

蜗牛说:"你们有四条腿可以跳来跳去,我却必须背着沉重的壳,贴在地上爬行，所以心里很不是滋味。"

青蛙说："家家都有本难念的经。你只是看见我们的快乐，没有看见我们的痛苦而已。"

这时，有一只巨大的老鹰突然来袭，蜗牛迅速地躲进壳里，青蛙却被一口吃掉了。

🏵 大道理：

安然于自己的生活，不必与人比较。羡慕别人常常会带给我们更多的痛苦和哀伤，因此不妨去想想自己所拥有的，将会带给我们更多的感恩及幸福。愉快的生活永远是由愉快的思想造就的。

5 元钱的故事

由于警察局寻回的失物往往无人认领，或者物主提出证据后又放弃不要，因此，警察局的贮物室里收藏的物品真是琳琅满目，令人惊奇。那里有各式各样的东西：照相机、立体声扬声器、电视机、工具箱和汽车收音机等。这些无人认领的东西，每年一次以拍卖方式出售，去年密苏里州堪萨斯市警察局的拍卖中，就有大批的自行车出售。

当第一辆自行车开始竞投，拍卖员问谁愿意带头出价时，站在最前面的 12 岁的小男孩儿布克说："5 元钱。"

"已经有人出 5 元钱，你出 10 元好吗？好，10 元，谁出 15 元？"叫价持续下去，拍卖员回头看一下布克，可他没还价。

稍后，轮到另一辆自行车开投。布克又出 5 元钱，但不再加价。跟着几辆自行车也是这样叫价出售。布克每次总是出价 5 元钱，从不多加，不过,5元钱的确太少。那些自行车都卖到 35 或 40 元钱,有的甚至 100 出头。

拍卖继续着:还有照相机、收音机和更多自行车要卖出。布克还是给每辆自行车出 5 元钱,而每一辆总有人出价比他高出很多。

现在,聚集的观众开始注意到那个首先出价的布克。他们开始猜测会有什么结果。

经过漫长的一个半小时后,拍卖快要结束了,但是还剩下一辆自行车,而且是非常棒的一辆,车身光亮如新,有 10 个挡、69 厘米车轮、双位手刹车、杠式变速器和一套电动灯光装置。拍卖师问:"有谁出价吗?"

这时,站在最前面,几乎已失去希望的布克轻声地再说一遍:"5元钱。"

拍卖员停止唱价,只是停下来站在那里。

观众也静坐着默不作声。没有人举手,也没有人喊出第二个价。

直到拍卖员说:"成交! 5 元钱卖给那个穿短裤和球鞋的小伙子。"

观众于是纷纷鼓掌。

布克拿出握在汗湿的拳头里揉皱的 5 元钱钞票,买了那辆无疑是世界上最漂亮的自行车时,他脸上露出了从未有过的美丽的笑容。

❀大道理:

人们放弃了自己的私欲,去成全一个小男孩儿美好的愿望。放弃的同时其实他们也收获了幸福,因为他们给予了别人幸福。所以说,放弃也是给予,给予就是收获,给予他人所需要的,自己也会分享到快乐和满足。

爱人之心

这 是发生在英国的一个真实故事。

有一位孤独的老人，无儿无女，又体弱多病，他决定搬到养老院去。老人宣布出售他漂亮的住宅。购买者闻讯蜂拥而至。住宅底价 8 万英镑，但人们很快就将它炒到了 10 万英镑，价钱还在不断攀升。老人深陷在沙发里，满目忧郁，是的，要不是健康状况不行，他是不会卖掉这栋陪他度过了大半生的住宅的。

一个衣着朴素的青年来到老人眼前，弯下腰，低声说："先生，我也好想买这栋住宅，可我只有 1 万英镑。可是，如果您把住宅卖给我，我保证会让您依旧生活在这里，和我一起喝茶、读报、散步，天天都快快乐乐的——相信我，我会用整颗心来照顾您！"

老人颔首微笑，把住宅以 1 万英镑的价钱卖给了他。

大道理：

出自爱心的举动，看似意外，却在情理之中，在我们勇于献出爱心帮助他人渡过难关的同时，也使我们自己受益！拥有一颗真诚的心！拥有一颗善良的心！真诚地付出，用整颗心来对待他人，我们就将收获整个世界。

幼儿园的习惯

1978 年，75 位诺贝尔奖获得者在巴黎聚会。人们对于诺贝尔奖获得者非常崇敬，有个记者问其中一位："在您的一生里，您认为最重要的东西是在哪所大学、哪所实验室里学到的呢？"这位白发苍苍的诺贝尔奖获得者平静地回答:"是在幼儿园。"

记者感到非常惊奇,又问道:"为什么是在幼儿园呢?您认为您在幼儿园里学到了什么呢?"

诺贝尔奖获得者微笑着回答:"在幼儿园里,我学会了很多很多。比如,把自己的东西分一半给小伙伴们;不是自己的东西不要拿;东西要放整齐;饭前要洗手;午饭后要休息;做了错事要表示歉意;学习要多思考,要仔细观察大自然。我认为,我学到的全部东西就是这些。"所有在场的人对这位诺贝尔奖获得者的回答报以热烈的掌声。事实上,大多数科学家都认为,他们终生所学到的最主要的东西,就是幼儿园老师教给他们的良好习惯。

大道理:

不要轻视自己平时的习惯,好习惯是让你成功的助推器。而习惯大多是从小养成的,所以我们一定要从小培养好习惯。

运气不是偶然的

两只鹰饥寒交迫,它们久久地在空中盘旋着,想寻找一只兔子或一只山鸡,但是,它们虽然苦苦地寻找却什么都没有找到,连一只老鼠的影子都没有发现。一只鹰终于坚持不住了,落到山岩上,缩着脖子休息去了。

而另一只鹰继续盘旋着,搜索了一圈又一圈,这只鹰终于发现了隐藏在草丛中的一只肥肥的兔子。当它叼着战利品回来时,那只放弃的鹰羡慕地对它说:"伙伴,你怎么总是这么好的运气呀,怎么总是能够在我走后不久,就能捉到猎物呢?"那只胜利的鹰回答说:"也许是运气吧,但我觉得好运气好像真的比较喜欢不辞劳苦、有耐心的鹰。"

🐛大道理:

捉到兔子的山鹰不辞辛苦,又有足够的耐心,才发现了隐藏的兔子。可见,运气其实不完全是偶然的,机会只垂青那些有准备的人。当你有意识地把这种准备变成你的习惯,机会就会在你的期待中来到你的面前。

蜇人是蝎子的天性

有一次,一个印度人看见一只蝎子掉进水中团团转,他当即就决定帮它,他伸出他的手指捉它,想把它捞到岸上来。可就在他的手指刚够到蝎子的时候,蝎子猛然蜇了他一下。

但这个人还是想救它,他再次伸出手去试图把蝎子捞出水面,但蝎子再次蜇了他。

旁边的一个人对他说:"它老这么蜇你,你还救它干什么?"

这个印度人说:"蜇人是蝎子的天性,而爱是我的天性。我怎么能因为蝎子有蜇人的天性就放弃我爱的天性呢?"

🐛大道理:

真正豁达的人不会奉行"以其人之道还治其人"的处世原则。无论如何都不要放弃爱,不要放弃你的美德,哪怕你面对的是卑鄙的小人。

人品的重要性

阳虎的学生在天下为官的,比比皆是。可是有一次,阳虎在卫国却遭到官府通缉,他四处逃避,最后逃到北方的晋国,投奔到赵简子门下。

见阳虎失魂落魄的样子,赵简子问他说:"你怎么变成这样子呢?"

阳虎伤心地说:"从今以后,我发誓再也不培养人了。"

赵简子问:"这是为什么呢?"

阳虎懊丧地说:"许多年来,我辛辛苦苦地培养了那么多人才,直至在当朝大臣中,经我培养的人已超过半数;在地方官吏中,经我培养的人也超过半数;那些镇守边关的将士中,经我培养的同样超过半数。可是没想到,就是由我亲手培养出来的人,他们在朝廷做大臣的,离间我和君王的关系;做地方官吏的,无中生有地在百姓中败坏我的名声;更有甚者,那些领兵守境的,竟亲自带兵来追捕我。想起来真让人寒心哪!"

赵简子听了,深有感触。他对阳虎说:"只有品德好的人,才会知恩图报;那些品质差的人,他们是不会这么做的。你当初在培养他们的时候,没有注意挑选品德好的加以培养,才落得今天这个结果。比方说,如果栽培的是桃李,那么,除了夏天你可以在它的树荫下乘凉休息外,秋天还可以收获那鲜美的果实;如果你种下的是蒺藜呢,不仅夏天乘不了凉,到秋天你也只能收到扎手的刺。在我看来,你所栽种的,都是些蒺藜呀!所以你应记住这个教训,在培养人才之前就要对他们进行选择,否则等到培养完了再去选择，就已经晚了。"

阳虎听了赵简子的一番话，点头称是。

🐢 **大道理：**

人的品德比才能更重要。在生活中，一定要重视对自己品德的培养。同时，在选择交往和处世对象的时候，一定不可忽视了对方的品德。

不怕失败的林肯

林肯的故事一直以来激励着许多人，最令人佩服的是他面对失败的态度。

1832 年，林肯失业了，这显然使他很伤心，但他下决心要当政治家，当州议员。糟糕的是，他竞选失败了。在一年里遭受两次打击，这对他来说无疑是痛苦的。接着，林肯着手自己开办企业，可一年不到，这家企业又倒闭了。在以后的 17 年间，他不得不为偿还企业倒闭时所欠的债务而到处奔波，历尽磨难。随后，林肯再一次决定参加竞选州议员，这次他成功了。他内心萌发了一丝希望，认为自己的生活有了转机："可能我可以成功了！"

1835 年，他订婚了。但离结婚还差几个月的时候，未婚妻不幸去世。这对他精神上的打击实在太大了，他心力交瘁，数月卧床不起。1836 年，他得了神经衰弱症。1838 年，林肯觉得身体状况良好，于是决定竞选州议会议长，可他失败了。1843 年，他又参加竞选美国国会议员，这次仍然没有成功。

林肯虽然一次次地尝试，但却是一次次地遭受失败：企业倒闭、情人去世、竞选败北。要是你碰到这一切,你会不会放弃?

林肯非常执着,他没有放弃,他也没有说:"要是失败会怎样?"1846年,他又一次参加竞选国会议员,最后终于当选了。两年任期很快过去了,他决定要争取连任。他认为自己作为国会议员表现是出色的,相信选民会继续选举他。但结果很遗憾,他落选了。因为这次竞选他赔了一大笔钱,林肯申请当本州的土地官员。但州政府把他的申请退了回来,上面指出:"做本州的土地官员要求有卓越的才能和超常的智力,你的申请未能满足这些要求。"

接连又是两次失败。

这一切失败并没有使林肯服输。1854年,他竞选参议员,但失败了;两年后他竞选美国副总统提名,结果被对手击败;又过了两年,他再一次竞选参议员,还是失败了。

林肯尝试了11次,可只成功了2次,他一直没有放弃自己的追求,他一直在做自己生活的主宰。也就是说,他没有被失败吓跑。

1860年,林肯终于当选为美国总统。

大道理:

在通往成功的道路上,谁都不可能一帆风顺,甚至会遭遇多次的失败。失败者之所以会失败,是因为被失败吓跑了;成功者之所以会成功,是因为他迎着失败勇往直前。如果没有被失败吓跑,失败自然就会跑开。

时刻准备着

李斯·布朗和他的双胞胎兄弟,出生在迈阿密附近的一个穷苦之家。没过多久,他们就被厨房女工玛米·布朗收养了。

因为李斯很好动,说话口齿不清但又说个不停,因此从小学到中学,李斯就被编到专为有学习障碍的学生所设的特教班,毕业后,他就在迈阿密海滩担任清洁工,但他却梦想成为播音员。晚上,李斯会把晶体管收音机抱上床,收听当地播音员的演播。他的房间很小,塑胶地板也残破不堪,但他却在里面创造了一个想象的电台,当他练习把唱片介绍给假想的听众,梳子就被用来当作麦克风。

李斯的母亲和兄弟听到从薄薄的墙壁那端传来的声音,他们会对李斯大吼,叫他停止鼓噪去睡觉,但李斯根本不理他们,仍沉醉在自己的世界里编织梦想。

有一天,李斯在市区除草,利用午餐休息的时间大胆地走到当地的电台。他走进电台经理的办公室,告诉经理他想成为音乐节目的播音员。

这个经理上下打量这个戴斗笠、衣衫褴褛的年轻人,问道:"你有广播的背景吗?"

李斯回答说:"没有。先生,我没有。"

"那么,孩子,恐怕我们没有适合你的工作。"

李斯很有礼貌地向他道谢,然后离开了。这个电台的经理以为他再也不会看到这个年轻人了!但他低估了李斯·布朗对理想的坚定与执着。因为李斯不只想当音乐节目播音员,他还有更高的目标,他要为深爱的养母买一幢好一点的房子,音乐节目播音员的工作不过是迈向这个目标的一个步骤而已。

玛米·布朗教李斯去追寻他的梦想,所以李斯觉得不管电台经理说什么,他一定会在那个电台找到一份工作。

因此,整整一周,李斯每天都去电台询问是否有任何工作机会,最后电台经理投降了,只好雇李斯当小弟,但没有薪水,刚开始时,李斯帮不能离开录音室的播音员拿咖啡或午、晚餐,最后李斯工作的热诚赢得了播音员的信任,让李斯开他们的凯迪拉克去接来访的客人,像诱惑合唱团、黛安娜·罗丝及至高无上合唱团,他们没人知道年轻的李斯并没有驾照。

在电台里,人家叫李斯做什么,他就做什么,甚至他还做得更多。和播音员混在一起时,李斯就学他们在控制板上的手势,李斯待在控制室里尽可能地吸收他所能吸收的,直到播音员要他离开。然后晚上在他自己的卧室里,他就反复练习,为他深信会出现的机会作万全的准备。

一个周末下午,李斯待在电台里,一个叫洛可的播音员一边喝酒,一边现场播音,除了李斯和洛可外,大楼里没有其他人,李斯明白洛可一定会喝出纰漏,他密切注意着,而且在洛可的录音室窗口前来回踱步,当李斯窥看里面的情形时,他喃喃自语地说:"喝啊! 洛可,尽量喝!"

李斯很渴盼这个机会,而且他也预备好了! 如果洛可有要求的话,李斯也会冲到街上为他买更多酒让他狂饮。电话铃声响起时,李斯扑过去接,正如所料,是电台经理打来的。

"李斯,我是克莱恩先生。"

"我知道。"李斯说。

"李斯,我想洛可无法撑完他的节目了。"

"是啊,我想也是。"

"你可以打电话给其他的播音员,让其中一个过来接手吗?"

"可以,经理,我一定会的。"

但当李斯挂了电话后,他对自己说:"现在,经理一定以为我疯了!"

李斯的确打了电话,但他不是打给另一个播音员,他先打给他妈妈,然后打给他女朋友。他说:"你们全部都到外面的前廊,然后打开收音机,因为我就要上现场直播节目了!"

他等了约 15 分钟才打电话给经理,李斯说:"克莱恩先生,我找不到任何人。"

然后,克莱恩先生就问:"小伙子,你知道如何操作录音室的控制装置吗?"

李斯飞进录音室,轻轻地把洛可移到旁边,然后就坐在播音台前,他已经准备好了,而且跃跃欲试,打开麦克风的开关,他说道:"听着,在下小名李布山人——李斯·布朗,您的音乐播放大圣,我前无古人,后无来者,我是天下独一,举世无双,年纪尚轻,爱和大家混在一起,我领有注册商标、货真价实,绝对有能力让你满足,让你动感十足,听着,宝贝,我就是你要的人!"

这次的表现显示李斯已经到了炉火纯青的境界,他让听众和他的经理刮目相看,从这次命中注定的好运开始,李斯就相继在广播、公共演说及电视方面获得了成功。

大道理:

我们每个人的一生中,都会有很多机会。在机会没有来临时,要耐心等待。等待,不是什么也不做,而是时刻准备着,要准备得更加充分,要准备有能力抓住和运用机会。这样,在机会光临时,我们才能有所作为。

生命的强音

有一天傍晚,他心烦意乱地走到悬崖边。

他觉得生活无聊而平淡,年轻的心已不愿负担人世的孤独和艰辛。他感到周身的血液如禁锢在坛子里的葡萄酒,有一种要把坛子冲破的冲动。于是,他把脚轻轻凌空一提。

忽然,有什么独特的声音传来,他不禁侧耳静听。噢,是婴儿的哭声,在这荒山野岭,生命依然高高在上。顿时,一种前所未有的激动袭来,他一把推开诱他自杀的死神,循着啼声和灯光奔去。

那是他命运里最耀眼的一次闪电。数年后,他的伟大作品如春雨般洒落俄罗斯及世界。他就是屠格涅夫。

🌸大道理:

放弃生命是一种愚蠢的行为,因为没有什么比生命本身更为精彩和伟大,无论多么卑微的人,他的生命都是无价的,更何况,卑微从来都不是永恒不变的。